5匹のおかあさん、ミミ。

口絵写真・景山正夫

ミミ、母、私。居間でくつろぐ3匹。

新潮文庫

猫といっしょにいるだけで

森下典子著

新潮社版

IOOII

目次

猫といっしょにいるだけで

序章

家族の思い出の木

門の脇《わき》の小さな植え込みに、大きな白木蓮《はくもくれん》の木があった。

空気の冷たく澄んだ冬、葉のない木を見上げると、空に向かって大きく広がる枝々の先に、アザラシのような銀色の毛に覆《おお》われた冬芽がいっぱいついている。その冬芽が割れて、中から蠟燭《ろうそく》のように真っ白い蕾《つぼみ》が顔を出すのは、陽射《ひざ》しが春の力強さを帯びるころだ。

枝の先の、白く尖《と》がった蕾が、ツン、ツンと天を向き、やがてふっくらと花びらがふくらむと、木全体に無数の白い鳩《はと》がたわわにとまっているように見える。そして、まだ冷たい早春の風に、時おり、ふくよかな甘い香りが漂うのだ……。

ここは横浜の小高い丘陵の斜面にひな壇状に広がる住宅地である。高低差のある地形から、崖《がけ》や段差のある土地に建てられた家が多い。

わが家も道路より三メートル低い崖下の土地に建っていて、道路沿いの門の引き戸を開けると、コンクリートの下り階段が崖の壁面伝いについていて、玄関前まで下りるようになっている。

そんな崖下に建つ家だけれど、家の反対側に回るとそこはひな壇の南側斜面で、視界が大きく開け、そこから横浜の街の景色が、港の方まで見渡せる。

その景色を見て父が気に入り、一家でここに引っ越して来たのは五十数年前、私が二歳の時だった。父は当時、造船会社に勤める三十代半ばの会社員。母は二十代だった。

私が小学校二年の時に弟が生まれ、弟が小学校に上がった年、父は一念発起して、手狭だった家を増築し、その後も小さなリフォームをしながら、一家四人、ここで暮らしてきた。

白木蓮は、私が大学に入学した時、両親が植えてくれた記念樹だった。最初は、鉛筆くらいの細さの頼りない苗木で、添え木を支えにやっと立っていたが、二、三年で添え木もいらなくなり、やがて幹が立派に太くなり、門を超える大木に育った。

定年退職した父は、春先、白い花で満開になった木の下に立って、白く霞《かす》んだ空をまぶしそうに見上げていた。

若いころの父は痩《や》せて背が高く、肩幅が広かった。それが、いつの間にか縮んで小さくなり、腰をかばうように立っている。髪も白くなって、すっかり好々爺《こうこうや》の風情《ふぜい》だった。

「今日も、通りかかった人が、きれいに咲きましたねってほめてくれたよ」

と、父は霞《かすみ》のかかったような目でほほえんだ。

父を亡《な》くしてからも、私は満開の白木蓮を見るたびに、なんだかその木の下で、父が花を見上げているような気がしてならなかった。そんな時、通りがかりの人がふと足を止め、

「今年も咲きましたね」

と、話しかけてくれる。

「また、知らない人が声をかけてくれたよ」

と、言いながら、私たち家族は、父を思った。

崖の壁面を補強したコンクリートに、稲妻のようなひびが入っていることに気づいたのは、父が死んで十年ほどたったある日だった。崖の真上、門の脇の植え込みには、

白木蓮がある。それが高さ四メートルを超える大木になって、下に伸びた根が張り、崖のコンクリートを押したのである。

後で知ったことだが、白木蓮は、広々した土地で思いきり育つと、高さ十〜十五メートルにも達するという。そんな巨木になるとは知らず、畳半畳ほどしかない場所に植えたのがいけなかった。このままさらに根っこが伸びたら、コンクリートが割れ、崖崩れするかもしれない。

どこかに移植しようかとも考えたが、ここまで大きくなってしまうと、もう根を掘り出すこともできない。父の思い出の木だったが、伐《き》るほかなかった。

門の横の小さな植え込みに、直径五十センチの切り株が、ぽつんと残った……。

次の春、道を通る人から、

「あら、あの見事な白木蓮、どうしました？」

と、よく聞かれた。私も母もそのたびに、伐ったわけを話さなければならなかった。

ぽつんと残った切り株のまわりに、母は、ボケ、山吹、ツツジ、紫陽花《あじさい》など、今度はあまり大きくならない木や草花を植えた。

四年前の梅雨、植え込みに青い手毬《てまり》のような紫陽花がこんもりと咲いた。

そしてある日、切り株の根元に思いがけないものが舞いおりた……。

第一章

崖《がけ》の上の子猫たち

紫陽花《あじさい》の茂み

その日も午前中から、もわっとした湿気が肌にまとわりついていた。どんよりと雲の垂れ下がった空から、ぬるい水の匂《にお》いの風が吹いてくる。

居間のつけっぱなしのテレビから、

「昼から雨になる模様です」

と、天気予報が聞こえる。

いつものように私は、台所で母と自分の湯のみに煎茶《せんちゃ》を注ぎ、母は植え込みの紫陽花をながめがてら、郵便受けに何か届いていないか見に行った。

七十五歳の母がサンダルをつっかけ、崖沿いの階段を、一段一段上がっていく気だるげな足音が聞こえ、郵便受けから何かを引き抜く音が、パコンと鳴った。

その直後だった。

「アッ！」

と、叫んで、母は階段を慌《あわ》ただしく降り、勢いよく玄関ドアを開けて、居間に飛び込んできた。

「たいへん！」

「どうしたの」

「野良《のら》猫が子ども産んじゃった！」

「……どこ」

「植え込みの中」

紫陽花の茂みに、白いものが見えたという。野良猫が寝ている……。いつもなら素早く逃げるのに、なぜか今日はうずくまったままだった。何気なくのぞきこむと、傍らに、うじゃうじゃ動くものがいたという。

「三匹生まれてた。やられたぁーっ」

母は、いまいましげに、舌打ちした。

「あの時の猫だよ。ほら、網戸を破って逃げた……」

「ああ……」

と、私は破られたまま、今も風でふわふわしている網戸に目をやった。

三日前の私の留守中のことだった。母は遊びにきた茶のみ友だちを門の外まで見送り、しばらく立ち話をした。その間、玄関のドアが開けっ放しになっていた。家に戻ってドアを閉め、居間に行くと、そこに白っぽい小さな猫がいた。母もびっくりしたが、鉢合わせした猫は逃げ場を失ってパニックになった。右へ左へ体当たりし、最後は網戸に飛びつき、たまたま破れかけていたところを強引に突き破って逃げたという。

「前にも時々見かけた猫だよ。大きな野良猫たちの後ろにくっついて歩いてた。小さいから子猫だとばっかり思ってた。まさかおなかが大きかったなんて」

「ふーん……」

私は素っ気なく相槌《あいづち》を打ち、面倒なことには巻きこまれたくないという態度を露《あら》わにして、植え込みを見に行こうともしなかった。


その時の私は、切羽詰まっていた。

大学卒業後、週刊誌のアルバイトからフリーライターになり、ずっと筆一本で食べてきた。けれど今、筆は止まったままだ。約束した単行本の原稿が書けない。幾度も、今度こそと仕切り直したが、そのたびに頓挫《とんざ》して、一枚の成果も上げられぬまま、何度も年を跨《また》いだ。

私はいったい何をしているのだ。このままでは、今に仕事がなくなる。食べていけなくなる……。じりじりと足元があぶられ、どこで何をしていても、「こんなことをしている場合じゃない」と、焦《あせ》りにさいなまれた。

五十を過ぎてもまだもがく。そんな自分をどうしようもないのだ。

思いあぐねて前日、神社に行った。心を仕切り直すきっかけにしたかった。鳥居をくぐって社殿の前に立つと、木々の葉がザザーっと潮騒《しおさい》のように鳴って、気持ちのいい風が吹きわたった。……その時、思いがけない言葉が口をついていた。

「しあわせをください」

自分にドキリとした。

改めて手を合わせ、

「明日から心新たに仕事に向かいます」

と、誓って帰ってきた。

そんな昨日《きのう》の今日である。お願いだから面倒に巻きこまないで欲しい。私には今、寄り道している余裕はないのだ。

だいたい私には、どうして母がこんなに慌てるのかわからなかった。だって、うちにはなんの責任もない。うちの敷地内といったって、道路沿いの植え込みの中なのだから。

世の中には猫好きな人がいっぱいいて、猫と見れば目尻《めじり》を下げ、すぐに甘い声を出すけれど、うちでは猫を飼ったことがないし、興味もない。そもそも猫の可愛《かわい》さがよくわからない。

「だって、猫は化けるって言うし」

と、母はむしろ毛嫌いしていた。なんでも、戦後、大ヒットした化け猫映画のシリーズがあって、往年の美人女優・入江たか子のおどろおどろしい化け猫の演技に、日本中が震えあがったそうだ。そういえば、猫の目は暗闇《くらやみ》で光って不気味に見える……。

まあ、化け猫映画は別にしても、この数年、わが家は猫とは険悪な関係にある。うちもご近所も、徘徊《はいかい》する野良猫たちに手を焼いているのだ。生ゴミの集積場でゴミをあさり、中身を道路にまき散らす。そこにカラスが群がる。

母が玄関先で飼っていた金魚は、ある朝、金魚鉢の外で干からびていた。もちろん、自分で飛び出したわけではない。猫にやられたのだ。

南側の庭にある花壇はさんざん踏み荒らされた。球根は掘り返され、せっかく咲いた水仙やチューリップもぺっちゃんこになぎ倒されていた。

わが家のまわりにおしっこして回るらしく、窓を開けると、鼻をつく強烈な臭《にお》いが風にのってやってくる。その臭いを消したくて、殺菌作用があるという竹酢液《ちくさくえき》をまいたら、かえって異様な臭いになり、頭痛がしてきた。ドラッグストアで「猫避《よ》け」の薬剤を買って家のまわりにぐるりとまいたら、しばらくは猫が寄りつかなかったが、三週間ともたずにまた、臭い始めた。そのたびに私と母は、「またやられた」と、頭を抱えた。

夜ふけにどこかで野良猫同士の抗争が繰り広げられるらしく、時々、

「うぎゃあ～～～～～！」「うぎゃ～～～～～～！」

と、闇を引き裂く断末魔の叫びが聞こえる。ゴン！　とポリバケツにぶつかりながら逃げて行く物音がする。かと思えば、発情した猫が、わが家の窓の下で、

「ア～～オ！　ア～～オ！」

と、赤ん坊のような声を上げる。

庭を勝手に「小便横丁《しょんべん》」にされたうえ、金魚を殺され、花壇を荒され、仁義なき戦いの場にされて、うちもご近所も、ほとほと頭にきている。

野良猫だもの、放っておけば、そのうち子どもを連れて、どこかへ流れて行くだろう。そうでなくては困る。

「困ったわー。どうしよう」

母は居間をおろおろと歩きまわっていたが、思いたったように、

「愛護協会に行ってくる」

と、エプロンを脱いだ。そのエプロンの下のTシャツの胸元を見て、私は（あれ？）と思いながらも、決然と出て行く母を見送った。


近所の県立公園内に「財団法人　神奈川県動物愛護協会」がある。ここは昭和三十年代からある古い施設で、動物病院と動物の保護施設を併設している。私も子どものころ、公園で捨て犬を見つけ、愛護協会に知らせに行ったことがあった。


小一時間して、母はかっかと怒りながら帰ってきた。

「どうしても引き取れないって……」

愛護協会には毎日犬猫の保護の依頼が来るそうで、つねに施設が満員だという。特に今は出産シーズンで、すでに二百匹もの子猫が保護の順番を待っているという。

「壁にいっぱい犬や猫の写真が貼《は》ってあった。里親探しをしてるんだって。二ヵ月くらいになったら可愛い盛りだから、写真を撮って持ってきてくださいって言うのよ」

「……え、二ヵ月？」

それまでうちで飼えということだろうか。うちの植え込みで産まれたからって、う

ちの猫じゃないのに……。

「なんでうちがそこまでしなきゃいけないの？」

「私だってヤダよ。『私は猫は嫌です』ってきっぱり言ったわよ。そしたら『それなら仕方ありませんね』って、愛護協会の若い女のコが言うのよ。でもこのまま放っておいたら子猫は死ぬよ。あんたはそれを黙って見てろっていうのかって言い返した。そしたら、そのコ、可愛い顔して、それが自然というものですって、私に意見したのよ。頭にきて、『私はあんたよりずっと長く生きてきて、戦争だって経験したんだ。あんたみたいな小娘からそんなことを教えられる筋合いはない』って言い返してやった」

母は論理の飛躍をものともしない。最後は愛護協会のスタッフに向かって、

「あーあー、世も末だ！」

と、捨て台詞《ぜりふ》を吐いてきたらしい。

母の憤《いきどお》りは収まらず、仁王《におう》立ちでまくしたてる。

「それにね、こっちを見て笑ってる男のコがいたのよ」

「……」

「こっちは頭に来て怒ってるのに、なぜだか、私を見てにこにこ笑うのよ」

実は私も、言おうと思っていたことがあるのだが、母のあまりの剣幕に、口を挟めなかったのだ。

「……ねえ、朝から気になってたんだけどさ、それ着て、『私は猫は嫌いです』って言ったの？」

「？」

母は、私の視線に気づいて、初めて自分の胸元に視線を下ろした。

「……あら」

その日、母が着ていたのは、お土産《みやげ》にもらったキャラクターもののＴシャツで、胸にでかでかと、三匹の猫が描かれていた。

窓の外では、お隣のおばさんが植木の手入れをしていた。母は、

「佐々木さぁ〜ん、大変なのよう」

と、つっかけをはいて庭に出て行った。お隣の佐々木さんも母と同世代で、ここに引っ越して来た時から五十年、ずっと庭伝いに行き来している。

「えっ、いつ？」

「今朝よ。三匹」

「えーっ！」

佐々木さんのおばさんも生ゴミをまき散らかされ、家のまわりにおしっこをされて、野良猫には迷惑している。そのうち、奥からおじさんも出てきたようで、低いくぐもった声がぼそぼそと聞こえた。

しばらくして居間に戻ってきた母は、しょんぼりと肩を落としていた。

「佐々木さん、なんだって？」

「ご主人がね、保健所に頼むしかないいんじゃないかって……」

「え……」

急にひんやりとしたものを覚えた。

いつだったか、テレビのドキュメンタリー番組で見たことがある。保健所に収容された犬猫は、何日か引き取り手が現れるのを待って、現れないときは殺処分されるのだ。己の運命を知っているのか、それとも病気なのか、痩《や》せこけた雑種犬が暗い檻《おり》の中でカクカクと震えていた。その犬の不安げな目を思い出した。

大きな社会問題だとは思っていた。だけど、正直言って、それを自分のこととして考えたことはなかった。いきなり矛先を突きつけられて私は狼狽《ろうばい》した。

よりによって、仕事に集中しなければならない時に、どうしてこんなことが起こったのだろう。どうして、うちなのだろう？

猫を飼う気はない。だからといって、保健所に頼むこともとてもできない。子どもを連れて、どこかよそへ行ってくれないか。うちは猫を飼う気はないのだから……。

犬のいた日々

わが家はずっと「犬派」だった。

初めて犬が来た日のことを今も覚えている。私は五歳で、まだ一人っ子だった。その日、幼稚園の帰り道で、父と母が私に手を振っている姿を見た。父の足元には、巻き毛の小さな洋犬がいて、私が近づくと、指を一本ピンと立てたような短いしっぽを小刻みに振り、後ろ脚でぴょんぴょん跳ねて飛びつこうとした。

犬の名は「ピンキー」といった。ワイヤーヘアード・フォックス・テリアという小型犬で、白い毛がモコモコし、背中に黒い模様があった。ぬいぐるみみたいなムクムクした毛の奥から、黒飴《くろあめ》のように濡《ぬ》れ光るまん丸い瞳《ひとみ》がこちらを一心に見つめている。小さなピンクの舌をペロンと出したままで、いつも笑っているように見えた。

気のよさそうな顔をした犬なのに、気性が激しく、よく吠《ほ》えた。ひどい目に遭ったのはクリーニング屋のお兄さんだった。いつだったか、ピンキーがお兄さんに猛然と吠えかかり、犬小屋ごと五十センチも引きずった。背中を丸めて一目散に崖沿いの階段を駆け上がるお兄さんの背中に、なおも吠えかかった。

クリーニング屋さんはそれからわが家に来なくなった。

元来は、イギリス貴族がキツネ狩りに使った犬種だそうで、獲物をまっしぐらに追いかけ、広大な領地を思いきり走る犬だったらしい。そんな犬の気性も飼い方も知らず、うちでは玄関の横に小さな犬小屋を置いてそこにつなぎ、吠えれば「こらっ！」と叱《しか》りつけ、飛びついてくれば「よしよし」となでてやり、「お手」などさせて喜んでいた。

餌《えさ》は、家族の食べ残しの魚をのせた残りご飯にみそ汁をかけたものだった。昭和三十年代の一般家庭にとって「犬を飼う」とは、そういうことだった。

それでも、ピンキーは私たちの姿を見ると、巻き毛の奥の黒飴のような目を利発そうに輝かせて、短いしっぽを千切れんばかりに振り、ぴょんぴょん飛びついて喜んだ。

散歩用のリールをちらっとでも見たら最後、興奮のあまり半狂乱になった。

ピンキーは公園に向かって、リールをつかんだ私を引きずって走った。ゆっくり走ればいいのに、首輪が首に深く食い込んで、いつもゼーゼーと息を切らしていた。

空き地でリールをはずすと、放たれた矢のようにつっ走って消え、やがて藪《やぶ》の中からボッ！　と走り出てきたと思うと、一直線にこちらへ走ってきて、何か棒のようなものを私の足元に置いた。見ると、干からびたガマガエルだった。悲鳴を上げて逃げる私を、ピンキーはガマガエルをくわえて追いかけ、また足元に置く。それが主人へのプレゼントだったと知ったのはピンキーがいなくなってからだった。

ピンキーが病気になったのは私が小学校六年生の時である。

「フィラリア」という病名を初めて知った。元気なころは人を引っぱって走ったピンキーを、母が毛布にくるんで抱き、病院へ通った。二月の朝、ピンキーは病院へ行く途中、母の腕の中で息を引き取った。

「ピンキーが死んだよ」と聞かされた時、私は泣きそうに顔が歪《ゆが》むのを感じたけれど、どう感情を出したらいいのかわからなかった。

それが、私にとって最初の身近な死だった。

風の夜が幾晩も続いた。私は布団《ふとん》の中で、じっと耳を澄ましていた。外の物置きの戸のきしむ音に混じって、時々、犬小屋を出入りするピンキーの鎖の音が聴こえた……。

いくつ季節が過ぎても、犬小屋のあった場所には、ピンキーの匂いが残っていた。夏の雨の日、私は今でも、ふと鼻先にピンキーの匂いを感じることがある。

ピンキーが死んで数年後、近所にあった製薬会社の独身寮の柴犬《しばいぬ》が子犬を五匹産んだと聞いて、幼い弟と二人で見に行った。その中から好きな子犬を一匹いただけることになり、弟は、

「この子犬、手で僕のこと、おいで、おいでって呼ぶよ」

と、一匹の雌を選んだ。

「モモ」と名づけた。

眠そうな顔の、耳の折れた子犬が弟の後を追って、毬《まり》が弾むように走る。そのたびにしっぽがプラプラと揺れた。

成長すると、鼻先が尖《とが》って、耳はピンと立ち、しっぽはキリリと巻きこんで、それは凜々《りり》しく賢そうな柴犬になった。散歩に行く時は、こぶし二つぶん離れたすぐ脇《わき》をこちらの歩調に合わせてシャンシャンと歩く。陽の光を浴びたモモはこんがりと明るいキツネ色に輝き、若々しさにあふれていた。

弟や私が学校から帰るとモモは飛びついて口吻《こうふん》を寄せ、目といわず口といわず、ベロベロとなめまわした。

父は会社から帰ると、玄関の横の犬小屋にいるモモをしばらくなでてやり、日曜日には、モモを散歩させた帰りに、こっそり呑《の》み屋に寄り道し、店先でモモにウィンナーを食べさせたらしい。ある時からモモは散歩のたびにリールをぐいぐい引っ張って、私たちを呑み屋の前に連れて行くようになった。

明るいキツネ色だった毛がすっかり白っ茶けたのは十歳を過ぎたころだった。ある日突然、腰が抜けたようになってモモは起き上がれなくなった。

最後の晩、モモは居間に置いた段ボール箱の中で荒い息をしながら、家族四人、全員が帰って、顔がそろうのを待っていた。あくる朝、モモは目を開いたまま硬直していた。父がモモの体を箱に納めるのを、弟といっしょに見た。その日の午後、ペット霊園のワゴン車がモモを引き取りに来た。

モモを乗せたワゴン車が小さくなって見えなくなるのを門の前に立って見送りながら、父がしゃくりあげた。父は泣く男だった。身長百八十センチと当時としては大柄で、肩幅のがっしりした大男が、真っ赤になった目を拳骨《げんこつ》でこすりながら泣いていた。父がめそめそ泣くので、私は歯をくいしばって我慢した。

けれど、毎日、家に戻ると、ついモモの小屋に目がいく。がらんとした犬小屋だけがあって、モモがいない……。そのたびに、どんな時も待っていてくれたモモの優しい目を思い出し、こみあげる涙で前が見えなくなった。玄関で靴を脱ごうと身をかがめると、ぽたり、ぽたりと足元に涙が落ちる。私は、風呂《ふろ》の中でお湯を流しながら、布団にくるまりながら、声を殺して泣いた。

家族の誰から言うともなく、

「もう生きものを飼うのはよそう」

と、決めた。

犬がいなくなって間もなく、私は家を出た。

「出て行くのは、嫁に行く時にしなさい」

と、両親は反対したが、私はもう三十歳だった。早く自立しなければと思っていた。

週刊誌のアルバイトから、フリーライターになったのを機に、電車で三十分ほど離れた町に小さなマンションを買って、引っ越した。

土曜日には毎週通っているお茶の稽古《けいこ》がある。稽古場から実家は近いので、帰りにいつも両親に顔を見せに寄った。家に続く坂の途中まで来ると、大きな白木蓮《はくもくれん》の木が見える。父はよくその下に立っていて、坂を上がって来る私に「おう、来たか」と、言った。

今思えば、父は花を見ていたのではなく、私を待っていたのかもしれない……。

父が他界したのは、私が家を出た二年後の春だった。

やがて弟も独立して、外のマンションで暮らすようになり、母はこの家に、田舎の祖母を引き取って介護していた。

四十歳を過ぎ、私は再びここに戻ってきた。ひとりで老老介護に明け暮れる母のことも気がかりだったし、私自身も収入が不安定で、この先ずっとローンを払い続けていく自信がなかった。木造二階建ての下の階で母と祖母が暮らし、私は二階を仕事場にして原稿を書いた。祖母、母、私。女三世代の暮らしが、祖母が亡《な》くなるまで続いた。

気がつけば五十代である……。結婚しようと思ったこともあったし、何度か恋もしたけれど、結局、私は独身のままだ。本心を言えば、もう嵐《あらし》はたくさんだった。激しい情熱も強い執着も、もういい。互いのエゴをゴリゴリとぶつけ合うこともしたくない。できれば今のまま穏やかに暮らしていきたい。

父は生前、なかなか結婚しない私に、

「お前には、しあわせな結婚をさせてやりたいと思っていたのに……」

と、言ったことがあった。その時の父のさびしそうな顔を思い出すと胸が痛むけれど、

「年をとってから、ひとりでどうするの」

と、しきりに心配する母に、私は「今さら……」と、笑った。

母の思いもわかっている。私には会社という後ろ盾がない。収入の保証も安定もな

い。夫も子もいない。いつの日か母を見送ったら、ひとりの老後が現実となる。けれど、そのために、これから見も知らぬ誰かと出会い、一からお互いを知り合って、新たな人生に船出する気にはなれないのだった。それで人生が何もかもうまくいくわけではないことはわかっているし、二人で生きることにも、ひとりで生きるのとは違う葛藤《かっとう》があることは、まわりをみれば想像がつく。

「さびしくなるよ」と、人は言う。けれど、それではどう生きればいいのか、何がいいのか、正解などどこにもないのだ。

ともあれ、私は五十代、独身で、母と二人で暮らしている。それが正しいか、間違っているかはわからない。が、少なくとも今日までは、平穏な暮らしだった。

ある記憶

庭の紫陽花の葉が、雨に打たれてザワザワと騒ぎ始めた。地面がみるみる黒く濡れて、窓ガラスを雨の滴《しずく》が流れていく。

「どうしよう。降ってきた」

母はそわそわと落ち着かなかった。

「どこかに行っちゃっていればいいけど……」

と、言いながら、また植え込みを見に行った。間もなく外で、

「ちょっと来てよお」

と母のせっつくような声がした。私は、厄介なことに巻きこまれていくのを感じながらもあらがいようがなく、しぶしぶ腰を上げた。玄関のドアを開けると、雨の中で母が、

「ほら、あそこ」

と、ある場所を見上げて指さした。

そこはそそり立つ高さ三メートルの崖。その崖のふちに生えているシダの葉がゴソ

ゴソ揺れていた。

道路の高さには駐車場があって、その床の鉄板を下から見上げると、軒のように見える。その鉄板と道路とのわずかな隙間《すきま》で、シダの葉が動いている。まるで民家の軒下にかけられた鳥の巣でヒナがうごめいているみたいだった。「ピーピー」「ピーピー」と、かすかに鳴き声も聞こえる。

「さっき見た時は、植え込みにいたんだよ。雨が降ってきたから、親猫がくわえて、あそこに移したんだね」

紫陽花の植え込みから、駐車場の床下までは一メートル足らず。この空間なら、雨露をしのげるし、もうひとつの危険からも子猫を守れる。カラスだ。このあたりはカラスが多く、公園の池のカルガモの子が時々さらわれる。ここなら絶対カラスも入れない。

けれど、そこは崖っぷちである。もし子猫が這《は》い出して落ちれば、三メートル下の硬いコンクリートに打ちつけられる。

「危ないね……」

「典子、段ボール！」

「うん」

飼うつもりはないけれど、崖から落っこちるのを、黙って見ているわけにもいかなかった。

親猫の姿はなかった。

私たちの気配に気づいて身を隠したのか、あるいは、餌を探しに行ったのかもしれない……。雨の中、私は物置に段ボール箱と脚立《きゃたつ》を取りに行った。

子猫に人の匂いがついてはいけないと軍手も用意した。子どものころ、母から、「生まれたばかりの子猫は、あんまり見ちゃいけないよ」と、言いきかされたことがある。出産直後の母猫はとても神経質で、子猫に人の匂いがつくと子育てをしなくなる。時には、わが子を殺してしまうこともあるという。

母は子どものころ、それを見てしまった。「化け猫映画」は後付けで、本当はそのショックが母の猫嫌いの原因だと私はうすうす知っていた。

私が脚立に上がって崖の上から子猫を下ろし、母は段ボールを持って、下で受け取ることになった。

怖かった。生まれたばかりの子猫にさわるのは初めてなのだ。三匹見たと母は言ったけれど、三匹とも生きているだろうか。

壁の前に脚立を据えて、雨に濡れたステップに足を掛けた。

その瞬間だった。突然、遠い昔のある記憶がよみがえった……。

何歳の時だったろう。両親に連れられ、父の実家へ行った日の帰り、夜の列車の座席で、「尋常小学校《じんじょうしょうがっこう》一年の時だったよ」と、父がぽつりと言った。

雨の降る日に、道端の草むらで生まれたばかりの子猫を見つけた。まだ目も開いていない子猫が四、五匹重なり合って、雨の中でミューミューと鳴いていた。幼かった父は家に飛んで帰り、子猫を拾って育てたいと言ったが、うちにそんな余裕はないと、祖母から厳しく叱りつけられた。子猫がどうなったか気になって仕方がなかったけれど、叱られた父はどうしても見に行くことができなかった。

それからどれほどの日数がたったのか、父はあの子猫を探しに、もう一度その場所に行ってみた。すると、草むらに、マッチ棒みたいなまっ白い骨がパラパラと散らばっていた……。

「助けてやればよかったのにな。今も忘れられない」

その話を聞いた時、私の胸の奥底に父の悲しみが棲《す》みついた。雨の中で鳴いていた子猫と、それを見ていた幼い父を思うと、子供心にもやりきれなかった。悲しみはいつもそこからやってきた。だけど、私はそのことを誰にも言ったことがない。なぜだか言えなかったのだ。

なぜ今、あの話を思い出す……。

私はその思い出を振り払うように、脚立のステップを踏みしめた。

コンクリートの壁伝いに伸び上がって、思いきり手を伸ばす。高い場所で見えないけれど、ミーミーと声のするシダの茂みを手でさぐった。

軍手ごしにお手玉くらいのうごめくものが触れた。落とさないように握り込むと、軍手の中で、小鳥のように柔らかいものが羽ばたいた。崖から下ろし、握った手をそっと開いた……。

虎《とら》模様の小さな生きものが元気に体をくねらせていた。まだ目は開かず、巾着《きんちゃく》袋の口をしぼったような顔をしている。小さくすぼんだ耳が頭の横について、カワウソの子のようだ。それが私の手の中で、何か主張するようにミー！　ミー！　と鳴いた。

生きてる……。

膝がかすかに震えた。手の中でうごめく小さなものに向かって、自分の中から何かが流れだすのを感じた。

その時、後ろで母が声をあげた。

「典子、あそこにいる。早く！」

見上げると、揺れるシダの間から二匹目がのこのこ這い出して、崖っぷちに顔を出していた。一匹目を急いで母に手渡し、落っこちそうになる二匹目をつかんだ。頭と背中に、灰色の縞《しま》模様がある。小さな口を思いきり開け、私の手の中でグーンとつっぱってあくびをした。

「もう一匹、いるはずよ」

三匹目は、色も模様もまるで違っていた。くっきりとした黒白だ。ぐっすり眠っていたのだろう。まだ目が覚めきらず、むずがるようにもがいていた。

脚立から降りようとした時、シダの葉の向こうで「ミュー！　ミュー！」と、催促するような声がした。

「あれ、まだいる」

「えっ!?」

声のする方へ腕を伸ばして手さぐりし、四匹目をつかみ出した。今度はブチである。ディズニーアニメ『101匹わんちゃん大行進』に出てくるダルメシアンみたいだった。斑点《はんてん》が顔にあって、どれが目鼻かよくわからない。

……まだシダの葉がかすかに動いている。もう一匹いる。

五匹目は鳴かなかった。きっと水溜《みずた》まりにつかっていたのだろう。体に濡れた毛が張り付き、ぐったりとしていた。四匹目と似たブチ模様で、ハムスターみたいなピンクの鼻がチラッと見えた。

この子はだめかもしれない……。

母が、タオルでそっと包みながら、

「最初に見た時は三匹だった。あれからまた二匹産んだんだね」

と、言った。

古タオルを敷きつめた段ボールの中で、モグラのような五匹の生きものがミューミュー鳴きながら、互いを求めてうごめいている。見つめていると、なんだかまぶたが熱くなる。

その時、背後で気配がした。

フーッ！

「あ、帰ってきた。あの猫だよ」

振り向くと、雨に黒く濡れたコンクリートの階段の中ほどで、薄汚れた白っぽい猫が、背中の毛を逆立てていた。

あの猫だ……。私も何度か見かけていた。

ある時、外から帰って門の引き戸を開けると、うちの軒の上に寝そべっていた。最初は身を翻《ひるがえ》して跳び去ったが、そのうち、じーっとこちらの様子をうかがい、逃げなくなった。

その猫が、女俠客《きょうかく》みたいに肩を怒らし、目を吊《つ》り上げ、今にも飛びかからんばかりに「フーッ！」と全身から風を吹き出していた。子どもを盗《と》られると思ったのだろう。コンクリートの階段の下に、壁面をくり抜いたスペースがあって、バケツやスコップなどの道具を入れる物置場になっている。そこに段ボールを置き、私と母は家の中に引っ込んだ。

私は、ここまでだと思った。これ以上、猫の親子にかかわれば、きっと飼わなければならないことになる。手の中でミーミーと鳴いていた、あの小さな生きものたちの姿を見れば、心を動かされずにはいられない。

けれど、一時の感情に流されまい。生きものを飼えば、その一生と付き合うことになる。うちはもう生きものは飼わない。そのうち親猫も、子どもを連れてどこかに行ってくれるだろう……。

ところが、そんな私の思いをよそに、母はもうドラッグストアでペットフードを買ってきた。

「だめだよ。一度餌をあげたら、ずっとあげなきゃならなくなるよ」

と、忠告する私に母は、「この人でなし！」と言わんばかりの剣幕で、

「食べさせるなって言うの？　この母親、これから五匹におっぱいあげなきゃならないんだよ！」

と、食ってかかった。私はすごすごと退散した。

「猫は化ける」なんて嫌ってたくせに、その猫が乳のみ子をかかえた母親だとなると、わが母の風向きはいっぺんに変わる。いつだって、子を産んだ女の「正義」がすべてに勝つのだ。

雨が本降りになってきた。洗面所の小窓をそーっと開けた。小窓の桟《さん》の隙間から、階段の下の物置に置いた段ボール箱が見える。その横で薄汚れた親猫が、母が置いた缶詰のキャットフードをむさぼっていた。

その夜もビチャビチャと雨が降り続いていた。大量の雨が降ると、物置場のあちこちにポタポタと漏る。あの小さなカワウソたちが雨に濡れないだろうか……。最後に下ろしたブチの子の、弾力のない、べったりとした感触を思い出した。生きているだろうか……。

気になって眠れず、夜ふけに傘をさしてそーっと物置をのぞきに行ってみた。すると、段ボールに雨が入らないよう、物置の中にちゃんとビニールシートの雨よけが張られていた。いつの間にか、母が来ていたのだ。

段ボール箱にうずくまっていた親猫が、サッと身を起こしてこちらを振り向き、また「フーッ！」と威嚇《いかく》したので、そのまま戻って床についた。

第二章

猫にかかわる人々

段ボールの中

母は親戚《しんせき》やあちこちの知り合いに電話をかけ、相談しまくっていた。

「飼う気がないなら餌《えさ》をあげちゃダメよ。放っておきなさい」

と、忠告してくれる人もいたが、もう遅い。翌日も母は、物置の段ボールのそばに、缶詰のキャットフードを置いた。親猫はそれを食べると、どこかにねぐらがあるのか、時々姿が見えなくなり、戻ってきては、子どもに手出しするなよと釘《くぎ》をさすように、私と母を「フーッ！」と威嚇《いかく》した。

このまま親子六匹が住みついてしまったらどうしよう。早くどこか別の場所に行ってもらえないものか。そう願いながらも、洗面所の小窓を開けた時、物置場が静かだと、段ボールの中で死んでしまったのかもしれないと絶望的な気持ちになり、ミー！ミー！　と元気な声が聞こえると、ホッとして思わず自分の顔がゆるむのがわかる。

さっそく、筋金入りの猫好きが二人やってきた。従妹《いとこ》のサチコとミドリおばちゃんだ。

サチコはマンションで三匹の猫を飼っている。三十代半ば、独身。フィギュアスケートの安藤美姫《みき》に似たエキゾチックな顔立ちで、音大生だった頃はトロンボーンを吹いていた。卒業後は都心の会社に勤め、第一線で働いていたが、ちょうどそのころ休職し、平日の日中もマンションで猫たちの世話をしていた。

ミドリおばちゃんは母の弟の妻。寡黙《かもく》な人である。長年、地域の野良《のら》猫たちの面倒をみていて、「野良ちゃんの餌遣《えさや》りがあるから」と、旅行にも行かず、自宅マンションでも猫を飼っている。一人娘の愛《まな》が高校時代に拾ってきた野良猫で、十八歳。人間でいえば九十歳くらいのおじいちゃんだそうで、最近はほとんど寝たきりだという。

サチコとミドリおばちゃんは、「差し入れ」のキャットフードをいろいろ買ってきて、乾燥した「カリカリ」タイプのと、レトルトや缶詰に入ったウェットタイプがあることなどを教えてくれた。

親猫がいない隙《すき》を見計らって、私がサチコとミドリおばちゃんを物置に連れて行き、段ボール箱の中をいっしょにのぞいた。

「ミューミューミュー」

お手玉くらいのモグラたちが、ぷるぷると震えながら、押しあったり、折り重なって乗りあげたりしていた。くっきりとした黒白のツートンカラーの子が、匂《にお》いを嗅《か》ごうとするかのように明るい方へ明るい方へと顔を向けた。虎《とら》模様の子も、私たちの気配に気づいたのか、こちらに顔を向けた。

かすかに開いた瞼《まぶた》の隙間から、薄い皮をかぶった青い目が見える。みんな目ヤニだらけだ。濡《ぬ》れネズミだったブチの子も、きょうだいの山の間から這《は》いだしてきた。ハムスターみたいなピンク色の鼻と、グーパーグーパーする小さな手が見えた。

みんな生きていた……。

「わぁーっ！」

ミドリおばちゃんが両手でハンカチをキュッと握りしめて、丸襟のブラウスの胸を押さえた。サチコがハッと息をのむのがわかった。私は病院の新生児室の前で、親戚に赤ん坊を見せているような気分で、なんだかこそばゆい。

居間に戻ると、ふだん無口なミドリおばちゃんが、

「地域の野良ちゃんたちをたくさん見てきましたけど、生まれたばかりのこんな小さいのは初めて」

と、堰《せき》を切ったようにしゃべり出した。そわそわと落ちつかず、座ったかと思うと

つっと立ちあがる。トイレかな？　と思うと、玄関の戸口で外の様子をうかがい、足音を忍ばせて物置の方へ行く。サチコも時々いっしょに立ちあがり、二人して、抜き足差し足で玄関を出て行く。

ミドリおばちゃんは、居間に戻ってくると虚空《こくう》を見やって、

「ああ〜、かわいい子がいた……。あの黒白の子、かわいい」

と、三日月のように細めた目の奥をキラキラさせた。

サチコは茶色い虎模様の子のことを、

「さくらにそっくりだ」

と、言った。さくらは彼女の実家にいた猫で、数年前に交通事故で亡《な》くなった。

「こんなこと、そうそうないよ」

サチコも熱い思いを抑えきれない口ぶりだった。

「私はね、どこかに子猫が捨てられてたらいつでも拾って育てるつもりでいるの。そう思って歩いていても、生まれたばかりの子猫が捨てられているのを今まで一度も見たことがない。それなのに、自分のうちで五匹も生まれるなんて……。これは授かりものだよ」

それからというもの、記録的な猛暑だというのにサチコもミドリおばちゃんも、三

日にあげずやってきて、そのたびに、猫のおもちゃ、ブラシ、猫草などわが家になじみのないグッズを持って来てくれた。

けれど、サチコのマンションは、ペットは三匹までという規則で、すでに三匹飼っている。部屋の大きさからも、とても四匹目を飼うのは無理だった。

ミドリおばちゃんも、ペット禁止のマンションなのに、管理組合に内緒で十八年も猫を飼ってきて、これ以上飼うことは叔父に反対されていた。

親子六匹をどうしたらいいのだろう……。愛護協会の人が言うように、このまま二ヵ月保護して里親探しをするとしても、果たして五匹全部にもらい手が見つかるだろうか。もし、見つからなかったら、うちは猫だらけになってしまう。首尾よく子どもの五匹がもらわれたとしても、親猫を引き取ってくれる人を見つけることは難しいだろう。

サチコは「授かりもの」だと、「奇跡」か何かのように喜んでいるが、私は、これから先のことを考えると暗澹《あんたん》たる思いだった。昼間、サチコやミドリおばちゃんがいる間は、賑《にぎ》やかさに気がまぎれているけれど、夕方、二人を見送ってしまうと、私と母は、

「どうなるんだろう……」

と、顔を見合わせ、重い溜《た》め息《いき》をついた。

遅く起きて二階から降りてくると、下から「おはよう！」と、元気な声がした。もうサチコが来ていた。目下、休職中の彼女は、朝から子猫たちのためにフル稼働《かどう》である。

百円ショップから、組み立て収納などに使う白いスチール製の四角い金網をたくさん買ってきて、これで子猫たちの家の囲いを作ると張り切っていた。物置の中は蚊がブンブン飛び交っている。このまま、あそこに段ボールを置いていたら病気になるからと、母と相談し、玄関を入ってすぐの板の間に移すことになったらしい。

金網をビニール紐《ひも》でつないでロの字型の囲いを作ると、サチコは物置の中から段ボールをそっと抱え出し、鋭い目でじーっと見つめている親猫に、

「こっちに置くからね」

と、一言ことわって、玄関の中に運び込んだ。板の間に据えられた枠の中に、段ボールがそのまますっぽりと、計算したように収まった。

玄関のドアを開けっ放しにして、みんなで居間に引っ込み、テレビを見ながら、ちらちらと様子をうかがった。しばらくすると、親猫が玄関の前に来て、中をのぞいて

いる。

やがてそっとたたきに足を踏み入れた。

「来た来た……」

板の間に上がり、そこに置かれた子猫の段ボールに近づいて、サチコの手作りの囲いをひょいと越え、寝ている子たちをなめ始め、そして自らそこに身を横たえた。

それ以後、親猫はわが家の玄関の中で子育てをするようになった。玄関だから、人が頻繁にそばを通る。最初はいちいち「フーッ！」と毛を逆立てたけれど、そのうち面倒臭くなったのか、「アーン」と大きく口を開けるだけで、あくびかと思うようなおざなりな威嚇になった。

猫の授乳を初めて見た。母猫のおなかには、むっちりと大きく張ったピンクの乳房が、四対、八個並んでいた。モグラたちはミーミーと鳴きながら、横たわった母猫に群がった。五匹が寄り集まり、互いの上によじ登ったり、かき分けたり、頭をねじ込むようにもぐりこんだりしながら、母猫の腹に鈴なりになった。

親猫はひっきりなしに子をなめていた。一匹一匹、丁寧に、目ヤニがガビガビに固まってふさがった目をなめ、頭をなめ、背中をなめ、肛門《こうもん》をなめ、全身をくまなくなめてやった。表をなめ終わると、ひっくり返して裏をなめ、それこそ目に入れても痛くないという様子で丸ごとなめてやる。一匹をなめ終わると、次の一匹をなめ始める。眠ってる子も、鳴いてる子も、折り重なって下敷きになった子も、もらさずなめた。

子をなめ終わると、今度は丹念に自分自身の毛づくろいをする。背中も腹もお尻《しり》も肢《あし》の指の股《また》も、パーっと開いてきれいになめる。それからむくっと立ち、寝入ってしまった赤ん坊らを残し、まるで「ちょっと一服してくる」というようにふいっと、開けたままのドアから出て行く。彼女はどこへ行くのだろうか。野良猫のねぐらはどこなのだろう。彼女はどこで雨露をしのぎ、どこで眠っていたのだろう。

二、三十分もすると、親猫はまた戻ってきて玄関に入り、囲いの中にごろんと身を横たえて、子らに埋もれた。

梅雨の午後

「うちで野良猫が子どもを産んじゃった」

友だちの倉ちゃんに電話をすると、「なぬーっ！」という声が返ってきた。倉ちゃんは横浜の下町で美容院をやっている。私が週刊誌のライターをしていたころに取材を通じて知り合い、かれこれ四半世紀の付き合いになる。

私より二つ年下で独身。母親と二人暮らし……。

子どものころから、飼い猫や通い猫など、たくさんの猫たちと付き合ってきたという彼女は、猫の手練《てだ》れである。道端で猫を見かけると、小走りに駆け寄ってしゃがみこみ、

「あんたいたの。そこにいたの」

と話しかけながら、あっという間に手懐《てなず》けてしまう。

以前、倉ちゃんには、「ヒメコ」という最愛の猫がいた。ある日、チャップというオスの通い猫の後ろについて、ひょっこり店に入ってきた猫だったそうだ。ヒメコはなぜか「ニャーン」と鳴けなかった。「ヒャ」と短い声で鳴く。ドアが開いていても

遠慮するのか、倉ちゃんが「入っておいで」と声をかけるまで、決して部屋に入らない。私は倉ちゃんと電話している時、何度も、「ヒメちゃん、入っておいで」「ヒャ」という声を耳にした。

そのヒメコが亡くなった後、倉ちゃんは何年も立ち直れなかった。

「また猫を飼えばいいじゃないって言う人もいるけど、そう言われると、よけい悲しいの。ヒメコの代わりはいない。本当にいい子だったの」

と、言っては、込み上げてくる感情に唇を震わせた。

次の美容院のお休みの日、倉ちゃんはやってきた。玄関の前に立ちすくみ、板の間の囲いの中で親猫が、まだ目も開かない子たちにミューミューと群がられているのを見ると、スライディングするように板の間に滑り込んで、そこから一歩も動かなくなった。

倉ちゃんが小学生の時、隣の家の台所の流しの下で野良猫が子どもを産んだことがあったそうだ。倉ちゃんは毎日、学校から走って帰っては見に行った。生まれたばかりの猫の子を見るのは、それ以来だという。

親猫を怖がらせないように、静かに優しく見守る。

「……」

親猫も彼女をじーっと観察した。

「……」

親猫は一度も倉ちゃんを威嚇しなかった。最初のコンタクトは倉ちゃんの方からだった。親猫の目の前に、そーっと人差し指を一本、差し出した。親猫は釣られたように鼻を前に突きだして指先の匂いを嗅いだ。それが猫との挨拶《あいさつ》らしい。

「ほらほら〜。こうすると、なぜか匂いを嗅がずにいられない〜」

催眠術をかけるように匂いを嗅がせ、ゆっくりと喉《のど》の下に手を伸ばし、そよそよとなでた。親猫が彼女の手に顎《あご》をのせて和むと、倉ちゃんは後頭部や頭頂部や、耳のまわりを「よしよし、よしよし」と掻《か》いてやり、

「猫は自分で全身なめられるんだけど、さすがにここだけは自分でなめられないから、なでてやると喜ぶんだよ」

と、言った。

「若いお母さんだね」

「ふうん」

「でも、これが初めてのお産じゃないかもしれない」

「なんでわかるの？」

「おちついてる」

親猫はうっとりとした顔で倉ちゃんに身をゆだね、なでられていた。すると、倉ちゃんはミーミーと鳴いている小さなモグラを次々に手に乗せ、ちらりとお尻を見て、

「あんたは男の子だね。こっちは女の子だ……」

と、言った。そういえば、サチコとミドリおばちゃんも、男の子だ、女の子だと言っていたが、私はそれどころではなかったのだ。

彼らは、二男三女だった。

倉ちゃんは、鈴なりの下敷きになっているのを掘り起こして、

「はいはい、あんたもおっぱいをうんと飲むんだよ」

と、母猫の乳首にあてがったり、おっぱいを吸いながら寝てるのを、

「ほらほら、起きてちゃんと飲みなさい」

と、つついたり、平気で子たちにさわる。

「ねえ、そんなにさわって大丈夫？　人間の匂いがつくと、親猫が子育てしなくなったり、殺したりすることもあるんでしょ」

「大丈夫、このおかあさんは。人に慣れてる。もしかしたら、前にどこかで飼われていたか、人にかわいがってもらったことがあるのかもしれない」

そう聞いて、不安が一つ消えた……。

それは穏やかな午後だった。二人で猫の一家をながめて過ごした。

子だくさんの母親は子にまみれ、ブチや虎や黒や縞《しま》、いろんな模様がおなかで、芋虫のようにうじゃうじゃとうごめいていた。

「一匹の子猫に、六人の天使がついているんだってさ」

と、倉ちゃんが言い、

「へえー。それじゃあ、ここには今、三十人の天使がひしめいているんだね」

と、私は笑った。

「ほらほら、おかあさんのおっぱい揉《も》んでるよ」

そう言われてよく見ると、母猫のおなかに鈴なりになった子らが、小さな手でリズミカルにおっぱいを揉み踏みしている。

「うれしいから揉むし、揉むとおっぱいがよく出るから、もっとうれしくなって揉むの。その名残りで、猫は大人になっても時々、うっとりしながら、前肢で毛布やクッションをフミフミミフミフミミするることがあるの」

「ふうん」

子らはおっぱいを吸いながら、途中で居眠りした。夢でも見ているのか、時々プルっと手足を痙攣《けいれん》させ、また思い出したようにおっぱいをフミフミする。

生きてる……。

私たちは時のたつのも忘れ、梅の花のような小さな手と、おっぱいと、眠る子らをただただ見つめた。いつまで見ていても見飽きない。このままずっと見ていたい……。

その時、私は、日なたに干した布団《ふとん》のように、ふかふかとした気持ちだった。みぞおちのあたりがぽかぽかとして、お湯のように温かい。よく眠って目覚め、思いきり伸びをした後のように、心も体も爽《さわ》やかで、疲れもどこかに消えていた。

子育ての真っ最中。5匹で、おかあさんのおっぱいに群がった。
生後１ヵ月のころ。

悩みも焦《あせ》りもどこにもない。
なんにもいらない。このままでいい……。
じわんと瞼が熱くなった。

千客万来

モグラみたいだった子らは、十日くらいで目が開いた。カワウソの子みたいに、丸く小さくすぼんでいた耳も、だんだん三角になってきた。

すると突然、まん丸い目をした、かわいい子猫になっていた。

梅雨が明けた。その夏、わが家はちょっとした「猫カフェ」と化した。近所のご一家、親戚の叔父や叔母、高校時代の同級生、編集者やその家族、恩師、母の趣味の友だち、掛かりつけの病院の看護師さん、幼なじみ、十年ぶりの友だち、お茶の稽古《けいこ》仲間、カルチャースクールの友だち……。子猫を見に、入れ替わり立ち替わり人がやってきた。

玄関の板の間に、お客を座らせたままというわけにいかないと、子猫の家を居間に移した。

ある編集者は、お土産に買ってきたおもちゃを取りだし「では、ちょっと失礼」と言うなり、振り回し始めた。五十近い大人が子猫を相手に真剣である。時々、私を振り返り、言いにくそうに、「あのう、もう一時間いても、いいでしょうか？」と聞く。「どうぞ、ゆっくりしてください」と言うと、「では、お言葉に甘えて」と、夕方まで猫と遊び、

「今日のところはこの辺でおいとましますが、また来ます」

と、丁重なお辞儀をして帰って行った。

その人は、後日、同僚を連れて、再び遊びにやってきた。

段ボールの横に寝そべって、「今晩、ここに布団を敷いて泊まりたい」と言った人もいた。みんな、温泉にでも入ったようなほどけた表情になって帰って行く。

チズコおばちゃんが、営業の途中に時間を見つけてはちょくちょくやってきた。子猫が生まれた日、母が着ていた猫の絵のTシャツをお土産に買ってきたのは、この叔母である。母の三人の妹の一番末で六十歳。独身。生命保険のセールスレディーをしている。二駅隣の町に住んでいて、毎週日曜日の夜はわが家に来ていっしょに母の手料理を食べて帰るが、平日の昼間も、なんだかんだと理由を見つけて、子猫を見にやってくる。

チズコおばちゃんも昔、ハナという名前の、まっ白い小さな子猫を飼っていた。叔

母は当時、事務職だったから、平日は留守で、ハナは締めきったマンションの部屋で叔母の帰りを待っていた。ある時、叔母の留守中に火災報知機が作動し、消防車も出動する大騒ぎになった。報知機のボタンを押したのはハナだった。ペット禁止のマンションだったこともあり、結局、チズコおばちゃんはハナを手放さざるをえなくなった。ハナは田舎のいとこ一家に引き取られ、その後の人生を温かい家族に囲まれて過ごした。

きっと子猫を見るとハナを思い出すのだろう。チズコおばちゃんは、

「猫って、人のそばにいたい生きものなのよ」

と、言うが、本当は自分も猫のそばにいたいのだ。

小説家の洋子さんが、少し前から二匹のオス猫と暮らしていると風の便りに聞いた。久しぶりに会うことになり、さぞかし溺愛《できあい》していることだろうと思って聞くと、なぜか洋子さんは顔を曇らせ、「それがね……」と、溜め息をついた。

「うちの猫たちったら、まるで割りきったホストみたいなの」

朝は、洋子さんのベッドに入ってきて、ピターッと体を添わせ、彼女を起こすという。餌の催促である。ところが、おなかが満たされると、掌《てのひら》を返したように態度が変

わり、もうそばにも寄らない。洋子さんが抱こうとすると、思いきり蹴飛《けと》ばして逃げるという。

「若い女を寝床に引きずりこもうとして、なにさ、この助平じじい！　って逃げられた老人のような心境になるの」

落ち込む洋子さんを、うちにお誘いした。

居間で子猫たちを見ると、洋子さんは、キャーッと黄色い声を上げ、

「そうだ。今日は、よその猫の匂いをいっぱいつけて帰って、うちのホストたちに嫉《しっ》妬《と》させてやるわ」

と、燃えていた。けれど、まだ親きょうだいと抱き合って寝ている子猫は、人に抱かれるのが嫌なのだろう。抱こうとすると手足を突っ張り、もがいて逃げる。洋子さんは「お願い、抱っこさせて～」と抱きついては、するりと逃げられ、切なげな溜め息をついていた。


大学時代の友だち、カオルと土屋さんがやってきた。カオルは編集者、土屋さんはＮＰＯの仕事をしている。カオルの家には、ガリレオ、歌麿《うたまろ》、ピノコ。土屋家には、モグ、タマという猫がいる。

二人はミーミーと鳴く五匹を見ながら、「この子、死んだケムに似てる」「こっちはガリレオに似てるね」などと言い合っていたが、カオルが奇妙なことを口にした。

「お父さんは三匹かもね」

「三匹？」

「うん。猫は一度に複数のオスの子を産むことができるんだよ。いっしょに生まれた子どもの父親が違うことはよくあるの」

「えっ、ほんと!?」

「ほんとだよ。トラのように単独行動するネコ科の動物はそうなの」

私はカオルが大学時代、生物学科だったことを思い出した。

確かに、子猫たちは、きょうだいなのに縞、縞、黒白、ブチ、ブチと全然模様が違う。崖《がけ》から下ろした時、（あれ？）と思ったけれど、こっちは一度に一匹のオスの子しか出産できないものと思い込んでいるから、

「きっと先祖のDNAが混じり合って、いろいろな模様が出るんだろう」

と、自分なりの理屈をつけていた。猫は一度に複数のオスの子を産めると聞いて驚いたけれど、そうとなれば納得がいく。

もしかすると、五匹の子の「父親たち」は、今でもこの近辺をうろうろしているの

かもしれなかった。母猫は、あられもない姿で脚を真っすぐに上げ、せっせと自分のお尻をなめるのに余念がない。

「そうか。おまえは、モテる女なんだね……」

ある晩、近所の須賀《すが》さんという床屋の姉妹がわが家を訪ねてきた。

須賀さんは三十年も前から野良猫を保護していて、お店の窓によく「猫の里親募集」や「迷い猫」の張り紙がしてあるのを見かける。

植え込みで猫が出産した日、母は動物愛護協会に保護を断られた後、すぐ須賀さんのお店に行って相談したらしい。姉妹はお店を閉めてから、うちの門のあたりに保護に来てくれていたそうだ。玄関先で二人は、

「何度か探しにきたんだけど、いないから、どうしたかなと思って……」

と、言いにくそうに声をひそめた。母はその後の報告をしていなかったのだ。

「入って入って。今、うちの居間にいるの」

と、母が居間に招き入れた。囲いの中で、母猫にうじゃうじゃと群がっている五匹の子猫を見ると、姉妹は手を取り合って、

「あんたたち、家に入れてもらってたの？　よかったねー」

「もしかすると保健所に連絡しちゃったかなぁと思って心配したのよ」

と、泣きそうな顔になった。

土屋さんがボランティアのタカコさんを紹介してくれた。タカコさんは引き取り手のない犬猫が殺処分されている現状を見かね、殺処分の反対や、不妊手術にかかる費用の補助を行政に訴える運動をしている。わが家に来てくれた日も、車に病気の犬を乗せて動物愛護協会へ治療を受けに行く途中で、

「今、うちに二十七匹の猫と犬を保護しているんですよ」

と、言った。床屋の須賀さん姉妹も自宅に二十四匹の猫を保護している。保護された犬や猫は、交通事故に遭ったり、虐待《ぎゃくたい》されたり、病気も多いらしい。保護のための場所はもちろん、世話にかかる手間、時間、日々の餌代、治療費、不妊手術代など、お金がいくらかかるのか私には見当もつかない。

「あの子たちのために、働いているようなものよ」

と、タカコさんはさばさばした様子で笑っていた。

今まで見えなかった世界だった。地域ごとに犬猫の保護をするグループや組織がたくさんあるという。タカコさんや須賀さん姉妹のように個人で保護活動をしている人

たちも含めると、いったいどれほどの人たちが捨て猫、捨て犬のために活動しているのか……。

飼っていた動物を捨てる人も跡を絶たないが、世の中には、その捨てられた動物を保護し、救おうとする人もいっぱいいることを知った。

段ボールを玄関の板の間に置いていた時期、親猫は開けたままの玄関を自由に出入りしていた。外で用を足してくるのか、家の中で粗相することは決してなかった。しかし、ボランティアのタカコさんから、「外に出すと病気を持ってくるので室内飼いしてください」と指導され、子猫の家が居間に移ったのを機に、親猫を外に出さないことになった。

サチコがさっそく「猫砂《ねこずな》」を買ってきた。猫のトイレである。子どもが母乳だけで育っている間は、親猫が肛門をなめて排泄《はいせつ》を促し、きれいになめとって処理をする。だけど、子猫もやがてはトイレが必要になるし、親猫が室内で過ごすようになった今、猫トイレは必需品だ。

今の猫砂はよくできていて、猫が用を足して砂をかけると、ウンチもおしっこも固まるようにできている。臭《にお》いもしない。それを専用のシャベルでコロコロすくって水洗トイレに流せばいい……。サチコはてきぱきと説明しながら、猫砂をザザーっとプラスチックの四角い容器に敷きつめた。

「猫の世話はとっても簡単だよ。犬と違って散歩に連れて行く必要もないし、それに、猫は吠《ほ》えないしね……」

彼女は、

「おばちゃん、猫っていいよ〜」

と、しきりに母を口説いている。

「猫は育てるのが楽。なにも、大学に入れなくたっていいんだし」

母が「そりゃそうだ」などと笑うのを聞きながら、私は複雑な心境だった。

こうしてトイレだ砂だと、準備が徐々に整っていく。このままいけば、うちで猫を飼わなければならないことになるだろう。

子猫たちは可愛《かわい》い盛りだった。親猫のおっぱいを吸いながら居眠りする姿などを見ていると、とろけそうになる……。それなのに、私はやっぱり、飼うことにはためらいがあって、まわりから勧められると抵抗を感じた。そして、そんな自分の気持ちを、どうしたらいいのかわからなかった。

「独身女が猫を飼ったら、おひとり様を覚悟したサインだ」

など世間では言う。独身女の人生はわびしいものと決めつけたような物言いの意地悪さにしばしば傷つき、意地を張って生きてきたせいか、なんだか、まんまと世間の言う通りになるようで素直になれない。……いや、これはただの言い訳かもしれない。

生きものを飼えば、餌遣りやトイレの始末をしなければならない。簡単だとは言っても、毎日のことだ。生きものだから病気にだってかかるかもしれない。避妊手術や予防注射もしなければならない。お金がかかる。猫を飼っている編集者は、猫が骨折して治療に五万円もかかり、ペット保険に加入したと言っていた。収入の不安定なフリーの私は、生きものは自分自身だけで手いっぱいだった。

それに、猫は「爪《つめ》とぎ」をする。家具やカーテンをぼろぼろにされる。家中、猫の毛だらけになる。毛玉を吐くとかで、ちょくちょくゲロもするらしい。家族で旅行をする時は、ペットホテルや、ペットシッターに預けて行く人もいると聞く。あれこれ考えると負担だった。……でも、これも、やっぱり言い訳なのかもしれなかった。

現実的な面倒や負担は確かにあるけれど、飼うことをためらう理由はそれだけではなかった。いつか倉ちゃんが言っていた。猫は私たちより早く年をとって、先に死んでいく。ヒメコが死んでから、倉ちゃんは家に帰るのがいやだったと言った。マンシヨンに戻ってもヒメコはいない。そう思うと涙が止まらないと。

「ドアを開けると、部屋の空気が違うの。ヒメコが来る前に戻ったんじゃなくて、何かがすっかり変わってしまったの」

土屋さんも、初めて飼ったケムという猫が死んだ後、心にぽっかりと穴があいて、その穴をどうしても埋めることができなかったと言っていた。

「視界の隅をよぎるのよ。ケムがいつも顔を出した階段とか、ピアノの椅子《いす》の上とか、餌を食べてた流しの横とか……」

猫の残像は、家のいたるところに残る。後姿、足音、鳴き声、匂い……。土屋さんはその心の穴を、また猫を飼うことでしか埋められなかったと言った。

友だちの啓子さんも、十八年前に死んだ猫が遊んでいたおもちゃを最近まで捨てられなかったそうだ。ミューという名のシャム猫で生まれたばかりの子猫の時にもらい、人肌に温めた子猫用のミルクを小さなスポイトで飲ませて育てたという。東京へ出てくる時も、ミューといっしょだった。一人暮らしのマンションで、ずっとミューと暮らしてきた。ミューの死後、何度か引っ越す機会もあったそうだが、啓子さんは今も同じマンションにいる。

「ミューをここに置いて行ってしまうような気がして……。かわいそうで引っ越しできないの」

と、言っていた。

風の晩、布団の中で聴いたピンキーの鎖の音や、モモのいなくなった犬小屋を思い出した。生きものを飼えば、いつか別れがやってくる。しあわせだった分、あとで利子まで付けて取り返すかのように、悲しみがどっと押し寄せるのだ。かわいいと思えば思うほど、いつか必ず来る別れを恐れずにはいられなかった。まして、私はこれから年をとっていく……。高齢になってからの喪失は、きっとこたえる。私はそのさびしさに耐えなければならないのだろうか。それならいっそ、初めからいない方がいい……。

そんな複雑な思いがない交ぜになり、私は子猫のかわいさに傾きながらも、サチコのようにその感情に素直にはなれないのだった。

そこにまた一つ、新たな問題が起こった。

物置部屋の怪

何日たっても砂を使った形跡がない……。サチコが用意してくれたトイレがきれいなままなのだ。ちゃんとペットフードは食べている。親猫はもう何日も外へ出ていない。いったいどうなっているのか不思議に思ってはいた。

ある晩、ふだん使っていない二階の奥の物置部屋に、扇風機を取りに行った。暗い部屋に蛍光灯がパッとつくと、カーペットの隅っこに泥水がたまっていた。

（なんで、こんなところに泥水が……？）

と、思った途端、ギャッと声が出た。大声で母を呼んだ。「どうしたの？」と、階段を上がってきた母は、カーペットを見て後ずさった。

親猫はお腹《なか》をこわしていたらしい。一度ならず何度も、ここで用を足したようだ。ひどい臭いだった。

カーペットを丸めて捨て、床を拭《ふ》いて消臭スプレーをまいたが、なかなか臭いが消えなかった。二階へ上がれないように、階段の上がり口にベニヤ板でバリケードを作った。

ところが、猫はひらりとバリケードを飛び越えて、階段を駆け上がり、また物置部屋に行こうとする。

階段の上で待ち伏せし、「こらあーっ!」とさえぎると、猫は身構えて「ハーッ!」と毛を逆立て、暗がりで不気味に目を光らせた。猫も下痢《げり》で辛《つら》かっただろうが、私もまた物置部屋を汚されてはかなわない。ただでさえ寝苦しい熱帯夜、私は浅い眠りの中で悪夢を見た。

猫の目が妖《あや》しく光り、鋭い爪を立てて飛びかかってきた。メッタ切りにされた。汗まみれで目覚め、恐る恐る奥の物置を見に行くと、やっぱり、やられていた。

真夜中に猫の汚物の掃除で眠れない。睡眠不足でいらいらした。数日ぶりにやってきたサチコに、私は、

「もう無理。やっぱり猫とは暮らせない」

と、いら立ちをぶつけた。

「……う〜ん」

エキゾチックな顔立ちの眉《まゆ》のあたりがかすかに曇った。が、彼女は冷静だった。

「典子おねえちゃん、猫ってね、犬と違ってしつけることができないの。こちら側から猫の気持ちを理解して、それに合うようにしてあげるしかないの」

物言いはやんわりしているが、粘り強い。

「このトイレを使わないということは、何かが気にいらないんだよ。何が気にいらないんだろう」

と、あくまで生真面目《きまじめ》に前向きに解決の方法を考え、

「容器の大きさはこれで大丈夫なはず」「砂の種類も問題ない」「それに、砂はまだ汚れてない」と、一つひとつ点検し、

「……ひょっとすると置き場所かなぁ？」

と、言った。サチコは、段ボールの隣に並べてあったトイレを居間の隅に移動した。そして、囲いを作った時に残っていた四角い金網をビニール紐《ひも》でつなぎあわせて衝立《ついたて》を作り、むき出しのままだったトイレのまわりをコの字に囲った。それを見ていた母が「これどう？」と、衝立を花柄のカーテン地で覆《おお》った。すると、猫トイレは試着室のような、ちょっとしゃれた個室になった。

その晩、居間でいっしょにテレビを見ていたサチコが、声をひそめて、

「あ……入る……」

と、つぶやいた。彼女の視線の先を追うと、親猫がそーっとトイレの花柄のカーテンの中に消えていくところだった。思わずみんなで視線を交わし、見て見ぬふりをし

た。

しばらくすると、個室の中で、ザッザッと砂の音がして、カーテンがかすかに揺れた。親猫がトイレから出て来た。

「やった」

「入った」

母と私は顔を見合わせ、サチコは、「あ〜、そうか……」と、納得したようにうなずいた。

「おかあさん猫は、プライバシーがないのが嫌だったんだね。もっと早く気持ちを察してあげられればよかったのに、気がつかなくてごめんね」

サチコの言うとおりだった。親猫は必ずトイレで用を足すようになり、それ以後、室内を汚すことはなかった。

子猫は、日一日と成長していった。生後三週間もすると、囲いによじ登り始めた。最初は、金網の途中で落ちたけれど、ある時、虎模様の子が柵を乗り越え、ついに囲いの外へ出た。すると、他の子猫たちも、我も我もとよじ登り、次々に柵を乗り越え始めた。

段ボールの中で過ごした時代は、あっという間に終わった。子猫たちはよたよたとした足取りで、思い思いの方向へ散らばっていく。居間のサイドボードの下、ソファーの裏側、台所のテーブルの下と、どこへでも入り込む。私たちは足元にいつも子猫が散らばっているので、踏んづけないように気をつけて歩かなければならなかった。

親猫が急に、奇妙な声を出すようになった。

クルルル、クルルル、クルルルルルル……

夏の明け方に鳴く鳩《はと》の、クックルー、クックルーという声に似ていて、喉の奥で何かを転がすように聞こえた。子猫の様子を見に来た床屋の須賀さんが、

「これが子育て中のおかあさんの声よ。子猫を呼んでるの」

と教えてくれた。

母猫は一日中、クルルルルと喉を鳴らしながら、子猫たちの世話をしていた。折り重なって眠る子猫たちの頭を、いとおしげになめてやり、一匹でも姿が見えないと、クルルル、クルルルルルルと呼びながら、家の中を走って探しまわる。見つけると、ほっとした様子で、口や鼻をなめてやる。

四六時中、家のどこかで、クルルルルと子猫を呼ぶ、鳩のような優しい声がしていた。五匹の子の行動範囲が突然広がり、親猫は片時も気が休まらないようだった。

そんな親猫の姿を見て、母はあるアイデアを思いついた。余っていた四角い金網で、囲いの上に蓋《ふた》を取り付けるのである。蓋をパタンと閉めれば、子猫たちは勝手に外に出られない。五匹がてんでに散らばることもなくなって、親猫の気苦労が減る……。母はそう思ったらしい。

ところが、母の作業をじっと見ていた親猫の様子が急に変わった。蓋を取り付けようとする母の手を頭で押しのけ、しきりに邪魔する。ついには金網をくわえて死にもの狂いで振りまわし、紐を引きちぎってしまった。

「きっと、子猫が閉じ込められると思ったんだよ」

「そうかもしれないね……」

母は蓋を取り付けるのを諦《あきら》めた。

しかし、この一件が原因だったのだろう。その日の午後、事件が起こった。

その名は「ミミミ」

油蟬《あぶらぜみ》が鳴いていた。

母は庭先に洗濯ものを取り込みに出、私は二階の窓を開け放って、原稿を書いていた。階下にいるのは猫だけ……。玄関のドアが開いていることを忘れていた。私の耳には、いつもと同じように、クルルル、クルルルルと母猫の声が聴こえていた。

洗濯ものを取り込んで、庭先から縁側に入ってきた母が「あっ！」と叫ぶのが聞こえた。ドタドタドタと廊下を突っ切り、玄関から飛び出していく音がした。

「どこ行くの！　ダメーッ！」

お隣の佐々木さんの方角から、母の叫び声がする。私は二階の窓から下を見て驚いた。居間にいるはずの親猫がお隣の物置の前にいた。子猫を一匹くわえている。

追いついた母が、

「待ちなさい！　子どもを連れてどこ行く気なの!?」

と、怒鳴った。親猫のそばに立って、

「外で食べていくのは大変なんだよ！　子どもにも食べさせなきゃいけないんだよ。

どうする気なの！」

と、すさまじい勢いで説教している。

「いいから黙ってうちにいなさい！」

出て行こうとする猫を母は引き止めた……。それを聞いた時、ああ、母はもう決めたんだと思った。

親猫は、母の剣幕に恐れをなしたのか、それとも、逃げ切れないと観念したのか、くわえていた子猫を、ぽとりと地面に落とした。母がそれをすばやく拾い、さっさと家に連れ帰った。親猫の後を追ったのか、玄関のたたきで、子猫がもう一匹よたよた歩いていたそうだ。

親猫は自分から戻ってきた……。子連れで家出することは二度となかった。

それから数日後、私が外出先から帰ると、サチコと母が「おかえりー」と、何やらにこにこしていた。

「典子おねえちゃん、おかあさん猫の名前、決まったよ」

「ミミ。外国の女優さんみたいな名前がいいと思ってさ」

母の気持ちはまた一つ、先へ進んだのだ……。

「呼んでごらんよ。もう、自分の名前がわかってるから」

母猫は背中をこちらに向け、ツンとすまして座っている……。その背中が、帯のお太鼓でこんもり膨らんだ着物の女性の後ろ姿に似ていた。前肢《あし》を行儀よくそろえて「正座」しているみたいだ。

彼女の背中の肩と腰のあたりには、灰色の雲がぽっかり浮かんだような模様がある。肩の模様の形は、見る角度によって、天使の翼にも、マウンテンゴリラの横顔にも見える。

「ミミちゃん」

と、呼んでみた。すると、背中を向けていた猫が、パッと振り返って私を見た。

……が、別に用事はない。ただ名前を呼んでみただけだ。

しばらくして、また「ミミちゃん」と呼んだ。なに？　と言うように、猫は再び振り返って私を見た。

三度目に、「ミミちゃん！」と呼んだ時は、耳だけピクンと動かし、振り返らなかった。その背中が、どうせ呼んでみただけでしょと言っているようだった。

子猫を産んだ朝、階段の途中で「ハーッ！」と毛を逆立てた時は、うす汚れた野良《のら》猫だったのに、家の中で暮らし、たっぷりと栄養をとり、ブラッシングしてもらうようになってみると、ミミは目を見張るほど美しい猫だった。アンゴラウサギのようにふわふわと柔らかな毛が密生して、その毛が雪のように白い。肩と腰にある模様は、灰色に黒い縞があって、サバの背模様に似ている。白地にサバ模様なので、こういう猫を「サバ白」というのだそうだ。

「ミミちゃんは色白で上品だねえ。デボラ・カーに似てるだろ？」

と、母は言う。デボラ・カーとは映画『王様と私』に主演したイギリスの女優である。

ミミの目は切れ長で、目尻《めじり》にはくっきりとアイラインが入っている。瞳《ひとみ》の色は、明るい場所ではラムネの瓶のような涼しげな青緑色で、暗い場所で瞳孔《どうこう》が開くと、まん丸い黒い瞳になった。おでこには、前髪を真ん中で分けたような模様がある。口の周りにうす茶色いシミがあって、すまし汁がついたように見えた。

久しぶりに倉ちゃんが子猫を見にやってきた。ミミはちゃんと彼女を覚えていて、倉ちゃんに顔をこすりつけた。倉ちゃんはミミのおなかに顔をうずめたり、白い手の裏のぷにぷにしたピンクの肉球に鼻を押しつけてさんざん匂《にお》いを嗅《か》ぎ、

「枝豆の匂いだ」

と悦《よろこ》んだりするが、ミミはなすがままになっている。

「ミミちゃん、変わった。すっかり落ち着いて家猫になったね。きっと近所の野良猫たちの噂《うわさ》の的だよ」

倉ちゃんは、すっかりあでやかな女になった「お富」を見た「切られ与三郎」みたいな巻き舌のチンピラ口調になって、

「俺《おれ》たちとつるんでた頃ぁ、うすネズミ色に汚れてたあのミミがよぉ、今じゃあ、まっ白え、きれーな家猫になってるって噂だぜぃ」

と、母と私を笑わせた。

近所の野良猫たちの一番後ろにくっついて歩いていたミミを、母は何度も見かけたと言っていたが、ミミは生まれつき

母猫ミミ。年齢不詳。深い目をした美人。
サバ白で、しっぽが長い。

の野良猫だったのだろうか。倉ちゃんは、最初に会った日、ミミを「人慣れしてる」と言ったが、もし飼い猫だったのだとしたら、道に迷ったか、あるいは、捨てられたのだろうか……。

名前が決まったころから、ミミは急速に変わり始めた。

子猫たちの名前

洗面所で歯を磨きながら、脚のふくらはぎのあたりが、ほんのり温かいような気がした……。気のせいかと思っていると、脚にスーッと何かがさわった。

足元を見るとミミがいた。私のまわりをくるりと回った。おしろいのパフのような柔らかな毛と、ほんのりしたぬくもりが肌をくすぐり、そよ風になで上げられたように、こそばゆい。

それからは毎日だった。洗面所で顔を洗っていると、ミミが足元に来て、ふくらはぎにスーッと触れる。時々、足の間を通り抜け「8」の字に回って下から私を見上げ、まぶしそうに目を細めて「ヒャ〜ン」と、やさしく鳴く。

そう母に話すと、

「おまえにも？　私にもそうなんだよ」

と、母がまんざらでもない顔をした。

居間でくつろいでいると、いつの間にかそばにやってきて、額で、私の腕をこつんと押す。時々、鼻も押しつけるらしく、濡《ぬ》れた冷たいものが肌に触れる。最初は、こつんと押すだけだったが、しだいに、おでこをグーッと押しつけたまま、じっとしているようになった。その後頭部を見ていると、「かくれんぼ」をしている幼い子みたいで、いじらしい。私はその押しつけられた額の感触を、この生きものが寄せてくる「心」そのものだと感じた。そして、むぎゅっ！　と抱きしめたい気持ちを抑えながら、小さな後頭部の縞模様をそっとそっとなでた。

子どもたちの呼び名は私がつけた。名前に思い入れを込めると、よそにもらわれていく子猫たちに情が移ってしまいそうな気がした。

「あとで里親さんにいい名前をつけてもらえばいいから」

と、一、二、三と番号でもふるように仮の名をつけた。

最初に崖から下ろした虎《とら》模様は、一番最初の男の子だから、長男という意味で「太郎」。キジの羽根のような色の虎模様なので「キジトラ」と呼ばれるのだそうだ。太郎は額に「M」字の模様のある美しい男の子だった。しっぽがとびきり細長く、そのしっぽも縞々である。

二番目も男の子なので「次郎」。母親のミミによく似た「サバ白」で、凛々《りり》しく男前だった。左腕に腕章を巻いたような二本ラインの縞がある。

三番目の女の子は黒白のツートンカラーだが、真っ黒い部分が目立つから「クロ」。四番目のブチの子は、どっしりとした体格のいい女の子だった。保険のセールスの合間にやってくるチズコおばちゃんが、

「この子、南海キャンディーズのしずちゃんに似てる」

と言ったので「しずちゃん」。

五番目もブチの女の子だが、他のきょうだいより発育が遅く、体が一回り小さい。小柄だけれど活発な知人の名をもらって、「ナナ」にした。

五匹の活動範囲は目覚ましく広がった。私と母だけだった家の中を、五つの小さな毛糸玉が、ころころ弾んで、縦横無尽に走っている。床の上だけでなく垂直方向にも活動するようになった。ゴミ箱によじ登る。カーテンによじ登る。本棚によじ登る。ソファーや座椅子に飛び乗る。きょうだい同士、至るところでじゃれ合い、もつれあった。

子猫たちはさんざん遊んでおなかがすくと、ミミのおっぱいに鈴なりに群がった。さながら運動会の騎馬戦だった。ぐいぐい押しのけるものの、頭からねじ込むようにおっぱいめがけて潜り込むもの。ミミはごろんと身を投げ出し、子どもたちに群がられるままになった。

子猫たちは思うぞんぶん飲んでおなかがくちくなると、好きな場所で、思い思いの格好で眠った。アコーディオンを伸ばしきったようなもの。上半身を一回ひねり、思いきり大股《おおまた》を広げたもの。バンザイをして、脇《わき》の下を丸だしにしたものなど、子猫たちの寝相は無防備そのものだった。

そんな姿を目にすると、ついそばに寄って、息を吹きかけてみたり、「これこれ」と、指でつついたりしたくなる。すると、面倒くさそうに薄目を開けるだけで、またとろんと眠り、仰向《あおむ》けのおなかの毛が、ゆっくりと上がったり下がったりしている。そんな平和な光景を見ていると、疲れもどこかにすっ飛んで、笑いがこみあげて仕方がない。

子猫たちは眠るだけ眠ると目を覚まし、大あくびを始める。体を弓なりに長々と伸ばして、肉球のついた足裏を小さな梅の花のようにパーッと広げたり、四肢を床に突っ張ってぐーんと思いきり前のめりに伸びをしたりして、活動を再開する……。

手に乗るほど小さな子猫たちの遊びの中に、早くも狩りの真似《まね》ごとが見えていた。格好をつけて、いきなり猛ダッシュする。体を低く身構えて、高く揚げたお尻をくりくりっと振る。チビッ子たちの気取ったしぐさが面白くて、目が離せなかった。

太郎はよく、物陰にひそんで獲物を狙《ねら》うふりをした。わずか三センチほどの敷居の段差にひそみ、顎《あご》を床にこすりつけんばかりに低く身構え、尻を振る。自分ではうまく身を隠したつもりだろうが、丸見えである。

よおし、かあちゃんを後ろから襲ってやるぞと狙いを定め、いきなり飛び出してミミに背後から襲いかかるが、ミミは先刻承知で、太郎をくるりと鮮やかな巴《ともえ》投げで投げ飛ばす。それでも太郎がしつこく飛びかかってくると、床に組み伏せて、どうだ、これでもか！　とばかりに押さえつけ、わが子に大人の力を見せつけていた。

子猫を見に来た人たちがいろいろなおもちゃを買ってきてくれたが、とりわけ

「長男」の太郎。ハンサムだけど、とても怖がり。
キジトラで、とびきりしっぽが長い。生後１ヵ月半。

猫心をそそったのは、ピンク色のプラスチックの柄に長いゴム紐がついた「釣《つ》り竿《ざお》」のようなもので、ゴム紐の先端に鳥の羽根と小さな鈴がついていた。

これをめちゃくちゃに振り回すと、羽根がふわりふわりと宙を舞い、シャンシャンと鈴が小さく鳴り、ゴム紐は蛇《へび》のように激しくうねった。五匹の子猫たちの小さな頭が、右、左、右、左……と羽根の飛ぶ方にいっせいに向き、あっちへダッシュしたり、こっちへダッシュしたり右往左往して興奮のるつぼと化した。

そこへ突然、乱入してくるのが親のミミである。野性の本能むき出しになり、ゴム紐の蛇のようなうねりに猛然と飛びかかり、押さえ込んで噛《か》みついたり、火がついたように興奮する。幼稚園の鬼ごっこに、いきなり本気の親が乱入してくるわけだから、子どもたちは驚いてサーッと引いてしまう。ミミも子持ちとはいえ若くて遊びたい盛りなのだろう。

この遊びは、いつも最後はミミの独壇場となり、私も汗ばむほど本気で羽根を振り回して、「一対一」の対決になった。ミミはますますヒートアップし、その頂点でいきなり狂ったように羽根をめちゃくちゃに蹴った（私は、ミミのこの興奮状態を、「ケリケリ」と呼んでいる）。

そして突然、熱狂の中からプイッと素面《しらふ》に戻り、「やーめた！」と、すたすた歩き去る。私は置き去りにされるのだった。

「ミミちゃん？　ほら、ミミちゃん！」

と、羽根を振って誘っても、もうさっきの興奮などなかったように、部屋の隅でごろんと身を横たえて、毛づくろいに精を出していたりする。遊んでやっているつもりが、いつの間にか、こっちの方が遊んでもらっていた。


そんな遊びのさなかだった。ある時、部屋の中をころころと走っていた子猫がぴょんと跳び、そこに脚を伸ばしていた私の、太腿《ふともも》の間に、スポッとはまった。

「あっ」

その途端、全身の力が抜けて動けなくなった。私は床に置かれたマリオネット

「次男」の次郎。男前でものおじしない。
母親のミミにそっくりなサバ白。生後１ヵ月半。

のようになって、もう指一本動かすこともできない。

「……」

脚の間に挟まった子猫の体は、両手で包めるほど小さいのに、ぴんと身がつまったような張りがあり、何とも温かい。その小さな体温に脚が蒸されてほかほかし、全身に春が来たような歓《よろこ》びが広がるのを、私はくすぐったいような思いで耐えていた。この小さな体の重み、この温かさを、ずっとずっと待ちわびていた気がした。

お願いだから、どうかこのまま、しばらくこのまま、ここにいて。その小さなぬくもりを、もうしばらく味わわせておくれ……。

だけど子猫は、私の気持ちなどお構いなしだ。鳥が飛び立つようにパッと駆けだし、ソファーに飛び乗り、カーテンによじ登る。

あとには、力の抜けてしまった私が残った。

太郎は好奇心旺盛《おうせい》な、腕白小僧だった。囲いを登るのも、ミミに飛びかかるのも、なんでも真っ先にやった。生まれた順番はわからないのに、母は太郎を「長男」だと決めつけていて、

「さすが長男だねえ。なんでも先陣を切ってやるもの」

と、感心した。母は太郎のきれいなキジトラ模様が気にいっているらしい。

「大きくなったらこの模様がどうなるか見てみたいよ。この縞《しま》はどんどん増えていくのかねえ、それとも縞と縞の間が広がるのかねえ」

などと言うものだから、サチコは、

「さあ、どうなるんだろうね」

と、笑いをこらえている。

この「長男」は内弁慶で小心だった。親きょうだいの前では腕白だが、くしゃみにきしんだ音にもビクビクし、床板が驚いて垂直に飛び上ったりする。知らない人が来ると、あっという間にどこかへ隠れ、他のきょうだいが出てきても、いつまでも太郎だけ姿を見せない。

クロ。人懐こくてメーメーと鳴く女の子。
黒白のコンビで、おでこが白い富士額。生後1ヵ月半。

「太郎、太郎、どこにいるの？」

と、家じゅう探しても見つからない。

「まさか、どこかから外へ飛び出したんじゃ……」

と、心配していたら、本棚の本と棚板の、五センチほどの隙間《すきま》から、奇妙な紐が一本垂れているのに気づいた。どこかで見た縞模様……。

「あ、いた！」

紐は、太郎のしっぽだった。

次郎は太郎と反対で、人を怖がらず、初めての人にも平気で近づいて行く。母親に似た切れ長の目で、顔立ちがキリリとし、大きくなったら二枚目になることは間違いなかった。左腕の腕章のような縞がカッコいい。母は次郎を惚《ほ》れ惚《ぼ》れと見て、

「ただの次郎じゃないよ。白洲《しらす》次郎の『次郎』だよ」

と、言った。

子猫たちの遊びを見ていると、太郎と次郎は、激しく取っ組み合ったり、競ってカーテンの高いところまでよじ登ったりするが、女の子たちは、じゃれ合う程度で、乱暴なことはしない。人懐《ひとなつ》こくそばに来て甘えたり、話しかけるように鳴いたりする。こんなに小さい時から、男と女では、遊び方から仕草までまるで違っていた。

クロは甘え上手で屈託のない女の子だった。背中は艶《つや》のある真っ黒だが、胸から頭にかけてまっ白く、おでこの部分は白いきれいな「富士額《ふじびたい》」である。青味がかった灰色の大きな目で何か語りかけるように人をじーっと正面から見つめる。五人の中でも一番のおしゃべりで、「メー、メー」と、話しかけるようによく鳴いた。

寝相がおもしろいのもクロだった。人間の「オヤジ」のように肢を組んで仰向けに寝る。眠ってしまうと、ほかのきょうだいがおっぱいを飲み始めても起きず、呼んでもゆすっても目を覚まさなかった。

子猫を見に来た人たちは、太郎、次郎をハンサムだと感心し、クロを可愛いと

しずちゃん。きょうだいの中で一番大きい女の子。
顔には、黒い眼帯をしたコアラみたいな模様。生後1ヵ月。

ほめ、

「ミミちゃんの子たちはみんな美形ねえ」

と、言ってくれたけれど、しずちゃんの顔を見ると、「あら？」と戸惑いを浮かべ、

「この子、どうしちゃったの」

とか、

「ちょっと、失敗しちゃったねえ」

と、噴きだしたりした。しずちゃんは全身がホルスタイン牛のようなブチで、顔にも所構わず斑点《はんてん》があった。左目と鼻に、雨だれ型の大きな斑点がかぶさっていて、黒い眼帯をしたコアラに見えた。そのうえ、しずちゃんはきょうだいの中でも一番、目ヤニがひどく、両目とも「アカンベエ」をしたみたいだった。

「この子は、もらい手がないかもしれないなぁ」

と、私は思った。けれど、しずちゃんはマイペースだった。ものに動じない性格で、きょうだいが何をしていても我関せず。おっぱいを飲みたい時には飲み、眠りたい時には眠り、ぐんぐん大きくなった。

ナナもしずちゃんと同じホルスタイン模様で、左の目頭に黒い斑点がついていた。ハムスターのようなピンクの鼻で、前髪を真ん中で分けた「鉢割れ」と呼ばれる模様

だった。ナナは華奢《きゃしゃ》でおとなしかった。生まれてすぐ、水溜《みずた》まりにでもつかってしまったのだろう、シダの葉の間からつかみ出した時は濡れネズミで、いつまでも四肢が細く、おなかがポコンと出て、未熟な感じがした。おっぱいを飲む時も、いつもきょうだいたちに後れをとる。歩く姿も幼かった。生まれた順番はわからないけれど、ナナは「末っ子」に見えた。ミミのそばにくっついて離れようとせず、誰か来るとすぐ、ミミの後ろに隠れた。

私は、こんな小さな子猫たちが、すでに「個」を生きていることに日々驚かされた。思えば、私はこれまで猫の顔すらじっくり見たことがなかった。そして、猫は猫の習性を生きているのだろうとい

ナナ。一番小さな女の子。おっぱいを飲むのも、いつもきょうだいに遅れをとった。白黒の牛模様で、ピンクの鼻。

う程度の雑駁《ざっぱく》な認識しか持ち合わせていなかったのだ。

ところがこうして毎日、子猫たちを見ていると、一個一個、全部がちがう。崖のシダの葉の間から軍手でつかんだ時も、太郎は腕白だけど小心で、次郎は悠然とした男前で、クロは人懐こかった。しずちゃんはマイペースで、ナナはか弱くおとなしかった。生み落とされた朝から、もう彼らは、性格も行動も一人一人違っていた。彼らはでき上った自分に生まれ、その自分を生きているのだった。

親の鑑《かがみ》

生後一ヵ月になると、ボランティアのタカコさんが、子猫の離乳食の指導をしてくれた。

成長期の子猫に必要な栄養が入ったカリカリタイプのキャットフードを、子猫用のミルクでふやかして食べさせるのである。ミルクをしゃぼしゃぼとかけたキャットフードは、クッキーがドロドロに溶けたみたいになって、子猫も食べやすそうだった。ピンキーやモモを飼っていたころ、残りご飯に、食べ残しの魚をのせ、みそ汁をかけたものばかり食べさせていたことを思うと、そういう時代だったとはいえ、申し訳ない気持ちが滲《にじ》んでくる。母も同じことを思うらしい。時々、

「あーあ、ピンキーやモモにも、ちゃんとしたペットフードを食べさせてあげれば、もっと長生きしたかなぁ。かわいそうだったなぁ……」

と、つぶやきながら、ミミの餌《えさ》と子猫たちの離乳食の準備をしている。

夕方、母が台所に立って、餌の用意を始めると、洗って重ねてある二つのホウロウ製のボウルの縁が触れ合い、カチャカチャと音がする。すると、五匹の子猫たちがわ

らわらと母の足元に集まってミーミー鳴く。小さいから気をつけないと踏んづけてしまいそうだ。

離乳食のボウルが床に置かれると、育ち盛りの子猫たちはいっせいにボウルに群がり、押しのけ合いながら首を突っ込んだ。ミミの餌のボウルも、近くに並べて置いた。ところが、ミミはなぜか餌のそばに来ようとしない。一日中、子猫を追いかけ世話をして、おなかがすいているはずなのに……。

子どもたちが五つの頭をボウルに突っ込んでせっせと食べている間、ミミはちょっと離れた床にぺたっと腹ばいになって、くるんと丸めた手を胸元にしまいこみ、おっとりと目を半眼に閉じたりしている。猫業界ではこれを「香箱座《こうばこすわ》り」と呼ぶそうだが、私には懐手《ふところで》をしているように見える。

「ミミちゃん、ほら、食べなさい」

と、ボウルを寄せてやったが、ミミはぷいと顔をそむけたりする。その姿は、頑として貫禄があった。

子猫は食べたいだけ食べると、小さな前肢でしきりに顔をこすったり手をなめたりし、ソファーや座椅子によじ登り、お互いを枕《まくら》にして、てんでに寝転がる。それを見届けると、ミミはおもむろに立ち上がり、ゆっくりと餌に近づいていく。

「みてごらんよ。子どもたちに食べさせて、自分は最後に食べるんだよ。親だねえ」と、母は感心した。

ミミはなぜかボウルの外に餌をいったん取りだし、床に置いて食べた。床が汚れるので、母はボウルをミミのそばに寄せたが、ミミは餌を直接ボウルから食べようとしなかった。

ある時、それを見ていたサチコが、こそっと私にささやいた。

「ミミちゃんは野良猫だったからね。餌を奪い合う時、きっと、ああやって少し離れた所に持っていって食べたんだと思うよ。小柄な猫はどうしても弱い立場に追いやられるから」

私は、サチコの読みの深さに胸を突かれた。野良猫社会で、ミミがどうやって生きてきたのか……。生ゴミに群がる野良猫の群れから少し離れて、おこぼれを食べる小さなミミの姿が目に浮かんだ。

ある夜、もう寝静まっていたはずの下の階で、突然「まあ！」と、母の声がした。二階で原稿を書いていた私は、何事だろうと下へ降りてみた。すると、パジャマ姿の母が廊下に立っている。

「どうしたの、こんな夜中に」

「ミミちゃんたら……」

母は涙ぐんでいた。

不審な物音で目が覚めたという。ガサガサ、ガサガサ、ガサガサ……。音は台所の方から聞こえた。何の音だろう。起きて台所に行き、灯《あか》りをつけた。すると、ミミがずっしりとした大きな袋をくわえ、死に物狂いで引っぱっていた。それは、母がテーブルの下に置いた子猫用のキャットフードの袋だった。自分の体より大きな袋を、ガサガサと引きずり、やっと廊下まで引っ張り出したところだった。母はミミの必死な姿に打たれていた。

「ミミったら、育ち盛りの子どもたちに、いっぱい食べさせてやりたいと思ったんだよ。小さい体でこんな重たい袋をずるずる引っぱって……。あの姿を見たら、泣けちゃったよ」


子猫が猫砂を使い始めたのはそのころだった。朝起きると、母が「ちょっと、ちょっと！」と私を手招きした。

「さっき太郎が初めて猫砂におしっこしたのよ。小さい手で、ちゃんとお行儀よく砂をかけたの。ウズラの卵くらいの固まりがちゃんとあったわよ」

と、もう有頂天である。母は、孫を溺愛《できあい》するおばあちゃんと化し、あちこちに電話して「太郎が猫砂におしっこした」と、知らせまわった。

子猫用のトイレは、ミミの個室トイレとは別に、子猫の段ボールの隣に並べて置いてあった。太郎が猫砂を使い始めると、続いてクロ、次郎……と、みんな次々に使い始めた。砂の上に、子猫が神妙な顔でちょこんと座り、しばらくすると、小さな前肢でサッサッと砂をかけていく。誰も教えていないのに、ちゃんと排泄《はいせつ》の後に砂をかけるのが不思議だった。

子猫が立ち去った後をシャベルで掘ると、あられのような砂の固まりがコロン、コロンと出てくる。それがなんとも、かわいい。母は掘り出した固まりを、しばらく飾りもののように砂の上に並べてながめていた。

やがて、ウンチもするようになった。小ぶりのマカロニくらいのウンチに、ちゃんと砂がまぶされてあった。

目ヤニはいっこうに治らなかった。ミミはクルルルと鳴きながら、子どもたちの顔を丁寧になめてやっているが、目ヤニで糊《のり》づけされて目がふさがってしまう。

動物愛護協会の獣医さんに相談すると、朝晩二回、必ず点眼するようにと、洗浄液と目薬をだしてくれた。そのまま放置しておくと眼球が萎縮《いしゅく》して失明してしまうこともあるというから責任重大だった。

母と私、二人がかりで子猫に目薬をさした。母が、子猫を一匹ずつつかまえ、タオルでぐるぐる巻いて、顔だけ出す。私はふさがってしまった目を指でこじ開け、洗浄液で拭き、目薬を一滴落とす。子猫たちは必死にもがき、ミーミーと鳴き叫ぶ。阿鼻《あび》叫喚《きょうかん》である。

何日か点眼すると治るが、目薬をやめてしまうとぶりかえす。きょうだいの中に一匹でも治っていない子がいると、ミミが子どもたちの顔をなめるから、すぐきょうだいにうつる。全員が治るまで、根気よく続けるしかなかった。そのうち母がタオルを持っただけで、子猫たちは蜘蛛《くも》の子を散らしたように逃げるようになった。それを追いかけ、一匹一匹つかまえて、鳴き叫ぶ子猫に点眼するのが朝晩の日課になった。

ミミは最初、私と母が子猫をつかまえタオルでぐるぐる巻くと、低く長い声で鳴きながら、私たちの手元を邪魔した。けれどやがて黙って見ているようになった。子猫がどんなに鳴き叫んでも、いっさい邪魔せず、私たちのするままにさせてくれた。そんなミミを見て、母は言った。

「ちゃんとわかっているんだよ、ミミには。いじめているんじゃなくて、子猫のためにやってるっていうことが」

落ち込む猫

ミミは不思議な猫だった。離れた場所から、こちらをじっと見つめていることがある。身じろぎもせず一点を見つめるその視線は、どこか奥深い所から来るように見え、ちょっと気味が悪くなる。

こちらが気づいたことがわかると、ミミは急いで目をそらす。そして、とってつけたように、猫らしく毛などなめ、なんにも見ていなかったかのようなふりをする。そんなとっさの慌てぶりや、ごまかしを、時々見てはいた。

ある日、ミミが襖《ふすま》を引っ掻《か》いて大きな傷をつけた。

「こらあっ！」「ダメでしょ」

母と私は大声で叱《しか》った。ミミはパッと私たちの顔を見、傷のついた襖に目をやり、ふいっとその場からいなくなった。見ると、縁側の隅でべたっとうつ伏せになり、前肢に顎をのせ、庭の方に目をやっている。いつもなら、しつこいほど体をすり寄せてきたり、おでこを何度もこつんと押しつけたりするのに、決してこちらを見ない。

「落ち込んでるね……」

と、母が私に目くばせした。しばらくするとミミは、すっと立ちあがって、居間を横切って行ったが、私たちのそばに近寄ろうともしなかった。

「ミミ！　ミミちゃん！」

何度も呼んだが振り返らず、今度はこちらに背を向け、廊下に座っている。

……だんまりの背中に、かたくなな意思を感じた。

そこで私は、さりげなくミミのそばを通り過ぎるように見せかけて、突然ぐるりと正面に回り込み、「ミミちゃん！」と、顔をのぞき込んだ。

その時、ミミがとっさに見せた行動に、私は愕然《がくぜん》とした……。

目と目が合った瞬間、ミミは慌てふためき、視線を上、下、左、右にキョロキョロさせて、虫か蚊が飛んでいるのを目で追いかけるふりをしたのである。

虫も蚊も飛んでいなかった……。

ゾクッとした。まさかと思ったが、今見たものは、そうとしか思えなかった。

今は目を合わせたくないというミミの気まずさが手にとるように伝わってきた。

いったい、この生きものは……。

翌朝、私が洗面所でいつものように歯を磨いていても、ミミは私の足元に来なかった。居間にいてもよそよそしく、私たちと決して目を合わせない。部屋の空気が硬かった。

「まだ引きずってるよ……」

と、母が目くばせした。

私はミミのそばに腰を下ろして背中に触れた。ミミはピクンとしただけで振り向かなかったが、優しく丁寧に背中をさすっていると、やがて、ごろんと私の前に横たわり、おなかや顎をなでさせてくれた。ゆっくり時間をかけてなでてから、私は立ちあがって二階の仕事場に上がった。

その後のなりゆきは、後で母から聞いた。私が二階へ上がると、ミミは起き上がって、母の前に行き、前肢で母のズボンの裾《すそ》をひょいと引っ張り、今度は母の足元にごろんと横になったのだそうだ。

「私とも仲直りだってさ」

と、母は片目をつぶって笑った。

生後一ヵ月半になると、子猫たちは「階段登り」に挑み始めた。以前はわずか三センチの段差も上がれなかったのに、今や自分の身長より高い階段に果敢に挑んでいる。

そそり立つ階段をしかと見上げ、狙いを定めてジャンプし、かじりつき、やっと一段登ると、また次の一段を目指す。五匹の子猫たちがわれもわれもと、そそり立つ垂直の壁にかじりついていく。

最初のうちは、何段か上がると、降りるのが怖くなるらしかった。ナナは途中でうずくまり、クロも上がろうか、降りようか、おろおろしていたけれど、子猫の成長はびっくりするほど早かった。昨日できなかったことが、今日はできるようになっている。わずか数日で、二階の仕事場と一階をつなぐ十四段の階段が運動場になった。

真夜中に、ドカドカドカドカ！　と運動会が始まる。五つの小さな毛糸玉がいっせいに階段を駆け上がったかと思うと、今度は一気に駆け降りる。

「ドカドカドカ！……ドカドカドカ！……ドカドカドカドカ！」

何往復も繰り返す。

子猫たちはたくましさを身につけ、俊敏さとジャンプ力をものにしていた。階段をゴム毬《まり》のようにすっ飛んで駆け上がり、ひらりと手すりに飛び乗る。今度は義経《よしつね》の「ひよどり越えの逆落とし」のごとく、真っ逆さまに駆け降りるようになった。

「ドドドドドド！……ドドドドドド！……ドドドドドド！」

居間や寝室を、五匹が弾丸のように飛び交う。うかうか居間で寝ころがってテレビを見ていたりすると、お腹や胸を蹴飛《けと》ばされる。どうやら、すれすれをかすめ飛ぶのが楽しいらしい。時々、わざと、ぶつかって弾みをつけていく。いくら子猫でもすっ飛んでくるので、顔でも蹴られたらたまらない。母と私は、弾丸が飛び交う中で、

「流れ弾だー」

「伏せろ！」

と、叫びながら笑った。

子猫たちは可愛《かわい》い盛りを迎え、そして、いよいよ別れの時が近づいていた。

第三章

さよならの秋

猫だらけ

里親探しを始めたのは、生後一ヵ月を少し過ぎたころからだった。

子猫の写真を撮るために、私はデジタルカメラを買った。可愛《かわい》い表情をたくさん撮り、ボランティアのタカコさんにお願いして、里親探しのホームページに載せてもらった。

「典子おねえちゃん、猫は時期が来れば、きっちり親離れ子離れするよ。里親探しは、それからでもいいんじゃないの？」

と、サチコは言った。彼女の気持ちはわかる。少しでも長く、子猫たちを見ていたいのだ。いっしょに暮らしているうちに、何度も私の膝《ひざ》にのってきた……。あの小さなぬくもりをずっと感じていたいのは私も同じだ。けれど、子猫は日一日と育っていて、大きくなるほどもらい手が見つかりにくくなる。もし里親が見つからなかったら、うちは六匹の世話をしなければならなくなるのだ。

太郎、次郎、クロ、しずちゃん、ナナ。五匹それぞれの顔写真と、模様の特徴や体重。

「七月一日に門の横の植え込みで生まれました。この子を家族として迎え、責任をもって一生を見てくださる飼い主を探しています」

と、コメントを載せた。

捨てられた猫をたくさん見てきたタカコさんは言った。

「みんな最初は可愛がるの。でも、転勤とか離婚とか、人間の事情が変わるでしょ。そうすると、猫は捨てられてしまうのよ」

中には、初めから虐待《ぎゃくたい》するために猫を引き取る人もいるという。そんな不幸な目に遭わせないために、タカコさんは、引きとってくれる相手を慎重に選び、契約書を交わして、その後も猫の一生を見守っている。

ホームページには、数え切れないほどの猫たちが載っていて、里親になってくれる人を待っていた。みんな捨て猫や野良《のら》猫だった。ミミや次郎に似た「サバ白」、太郎のような「キジトラ」、しずちゃんやナナみたいな「ブチ」……。世の中には、「サバ白」や「キジトラ」や「ブチ」がいっぱいいた。ミミと五匹の子たちは、ごくありふれた雑種の猫なのだった。

だけど、どんなによく似た猫がいても、うちの植え込みで生まれた子猫は他にはいない。あの日、私の手の中でミーミーと鳴いていた。うちの玄関で母猫のおっぱいに群がり、居間できょうだいと遊び、ここまで育ったのだ。いとおしいと思わずにはいられない。彼らはもう、私にとって特別な子猫になっていた。

世の中が、猫だらけに見えるようになっていた……。行く先々に猫がいる。プールの植え込み、蕎麦《そば》屋の路地、公園の水飲み場、駐車場の車の下……。テレビや雑誌を見ても、やたらに猫ばかりが目に入る。キャットフードのCMは言うに及ばず、保険会社のマスコット、お酒や乗用車のCM、新聞の広告、ニュース番組のスタジオの中にも悠然と猫が歩いている。

「あ、また猫だ！」

と、私が指差すと、

「そうなんだよ。このごろ、テレビにやたらに猫が出るんだよ。ブームだね」

と、母もうなずく。いったいいつからこんなにテレビに猫が出ていたのかと、ある日、倉ちゃんに聞いた。「前から出てるよ」と、彼女は笑った。

近所の電柱に「迷い猫」の張り紙が貼《は》られているのに気がついた。いつから貼られ

たままだったのか、カラーコピーの色があせていた。鼻の下に「ちょび髭《ひげ》」のような模様のある、ぬぼーっとした顔の猫の写真に、

「見かけられた方は、是非ご連絡ください」

と、飼い主の携帯電話の番号が書いてあった。張り紙したままのところを見ると、まだ見つかっていないのだろう……。

ほんの一ヵ月前まで、猫のことなど目にも入らなかった私が、今はこの飼い主の気持ちを思って、胸がしめつけられた。この「ちょび髭」の猫は、他の人にとってはどこにでもいる雑種猫だが、飼い主にとっては、世界に一匹しかいない。きっとこの猫の名を呼びながら、縁の下をのぞき、草むらを掻《か》きわけ、町内じゅうを歩きまわったことだろう。どこかに似た模様の猫がいたと聞いては走って行って「違う」と肩を落とし、あの子は今ごろどこでどうしているかと思いながら涙を流し、諦《あきら》めようとしても諦めきれず、たぶん今も猫の帰りを待っている。そう思うと、色あせたカラーコピーがやるせなかった。

ある日、銀行で自分の番号が呼ばれるのを待ちながら、ソファーの横のマガジンラックに何気なく目をやると、子猫の写真が目に飛び込んできた。思わず手にとった。生まれたばかりの子猫の成長を追った写真集だ。……ああ、うちもこうだったなぁと、

懐《なつ》かしみながらページをめくった。巾着袋《きんちやく》の口をしぼったようだった目が開き、よたよたと歩きだし、きょうだいで遊び、だんだん大きくなっていく。

ところが、あるページを開いたところで、胸がつまった。一匹の子猫が亡《な》くなったのだ。小さな箱の中で花に囲まれた亡骸《なきがら》を、そばで母猫ときょうだいの子猫が見つめていた。

目がキューンと痛くなった。

「あ、いたたた！」

ドライアイの目は、急激に涙がわくと痛い。

目をしばたきながら、窓の外に目をやった。

そうだった……。生きものには、こういう悲しみがあるのだった。大きくなれずに亡くなる子もいっぱいいる……。「みんな無事に育って欲しい」そう祈りながら空を見ると、青空がまた目にしみた。

お見合い

写真掲載から三週間たった。まだ、里親の応募者はいない。その間にも子猫はどんどん成長していった。掲載した写真もすぐに古くなる。新たに撮り直して更新しようと、また写真を撮っていた矢先、「子猫を見たいというご家族がいる」と、タカコさんから連絡があった。

急遽《きゅうきょ》、次の日曜日にわが家に「お見合い」にいらっしゃることになった。東京都多摩市の兼田《かねた》さん母娘。おかあさんと、大学生、専門学校生の娘さん二人だった。以前、犬を飼っていたそうだが、猫は飼ったことがない。専門学校に通う下の娘さんが猫を欲しがっているとのことだった。

約束の時間を少し過ぎたころ、うちの前で車が止まる音がした。門の引き戸ががらがらと開いて、コンクリートの階段を数人の人が降りてくる足音がした。

突然、ミミが姿勢を低くして、聞いたことのない長い長い声で鳴いた。すると、子猫たちがさーっと散らばって、姿が見えなくなった。今まで毎日のように、子猫を見に人がやってきたけれど、こんなことは初めてだった。ミミが何かを察知して、子猫たちに知らせたのだろうか。

わざわざ遠くからきてくれたのに、居間には一匹もいなかった。隠れた子猫を探しながらの「お見合い」になった。太郎は台所のテーブルと棚の隙間《すきま》にへばりつき、クロはサイドボードの下に入り込み、ナナはちょこちょこと、お風呂場《ふろば》に逃げた。

そのナナを、下の娘さんが見染めた。ハムスターのようなピンクの鼻で、前髪を真ん中で分けたように見えるナナを見て、娘さんはしきりに「かわいい」と言った。他の子たちも探し出して見せたが、娘さんは、

「この子、ピンクの鼻を私に押しつけてくるの」

と、言った。

私はその時、娘さんがナナを選んだのではなく、ナナが娘さんを選んだ気がした。

兼田さんはご夫婦ともお勤めしていて、昼間、家が留守になる。タカコさんは、

「誰もいない家に猫一匹というのは、可哀《かわい》そうですよ。ただでさえ、小さい子猫が親きょうだいから急に引き離されるわけですし、環境が変わるのは大きなストレスですからね」

と、心配していた。

「でも、二匹なら、互いに遊び相手になります。兼田さん、できればもう一匹飼いま

せんか。次郎ちゃんはどうです？　この子は人みしりしないし、おおらかないい子ですよ」

と、熱心に勧めてくれた。

兼田さん親子はしばらく三人で話し合っていたが、その場で、ナナと次郎、二匹の里親になる決心をしてくれた。兼田さんの家に、いつナナと次郎を連れて行くかは、改めて相談することになった。

兼田さん一家とタカコさんが帰ってしまうと、家の中は潮が引いたようにしーんとなった。やがて、いつものように、五匹が居間で遊び始めた。

この一ヵ月半、この子たちをどうしたらいいのかと悩んできたけれど、まずは二匹の行き先が決まった。

「よかった……ホッとしたよ」

口ではそう言いながら、母はしょんぼりと肩を落としていた。

「うん。よかったね」

そう答えた私も、心に突然、大きな穴があいたような気がする。

ナナと次郎がいなくなる……。生まれた時には、厄介なことになったと思い、どこかよそへ行ってくれればいいと願ったのに、本当にいなくなると決まったら、心の中をスースーと風が吹き抜ける。よそへ行く子たちだとわかっていたのに、あんなに覚悟していたのに……。

こんないたいけな子たちが、母親から離れて行く。

ミミはいつもと同じように、

「クルルル……クルルルルルル……」

と、鳩《はと》のような声を出しながら子猫たちをなめていた。かわいくてたまらないというようにわが子をなめ、一匹でも姿が見えないと探しまわる……。

次郎とナナがいなくなったら、ミミはこの声で鳴き続けるのだろうか。それを考えると、心が重かった。

次郎とナナを兼田さんに渡す日は九月一日と決まった。ちょうど、子猫たちの「二ヵ月」の誕生日だ。私が連れて行くことになり、兼田さんの家では、それまでに子猫のベッドやトイレ、キャットフードなどをそろえて受け入れ準備をしてくれることになった。

「典子おねえちゃん、次郎とナナのこと、ミミに話した方がいいよ。連れて行く姿をちゃんと見せた方がいい。黙っていなくなると探すから……」

サチコがそう言ったわけを、後で、サチコの母親である貞子《ていこ》おばちゃんから聞いた。

フクとさくらは、サチコの実家の猫だった。ある時、さくらが家の前の道で車にひかれ、亡くなった。叔母一家はショックで食べものも喉《のど》を通らない日々を送った。その悲しみを、一層深くしたのはフクだった。花と一緒に小さな箱に納められたさくらを見せたが、フクはそれがさくらだとはわからなかったらしい。フクは探し回ったそうだ。さくらがいつも隠れた押入れの中、戸棚の奥、段ボールの中。本棚の上にジャンプして、長押《なげし》の隙間にまで前肢《まえあし》を差し入れて探った。

「猫の記憶はそう長くは続かない。すぐに忘れるって言った人がいたけど、そんなことなかった」

と、貞子おばちゃんは言う。三年たってもフクは時々、急に何か思い出したように、まだ確かめていなかった棚の前に行き、鳴いて叔母に戸を開けさせ、その中を探していたそうだ。

ミミにいつ話すか、どんなふうに話すか。言い出せないまま、結局、前夜になった。次郎とナナを入れて運ぶ「キャリーバッグ」をサチコから借りた。キャリーバッグの蓋《ふた》を開けておいたら、ミミと子猫たちがもの珍しそうに匂《にお》いを嗅《か》ぎ、中に入って遊んでいる。

「どんなふうに言えばいい？」

「人に話すように、ふつうに言えばいいんだよ」

と、サチコは言った。猫たちの食事が終わり、私たちも夕食をすませ、子猫たちが座椅子《ざいす》の上で、お互いを枕《まくら》にして寝静まった。ミミがいつものように私のそばに来て、額を腕にこつんと押しつけ、ごろりと横になった。

「よしよし、ミミちゃん、いい子だね……」

ミミのフワフワと柔らかい毛をなでながら、「あのね、ミミちゃん……」と切り出した。

「明日、次郎とナナはよそに行くよ。よその家の子になるの。だけど、優しい人たちに大事にしてもらうから、きっとしあわせになるよ。安心してね」

「…………」

通じているかどうかはわからないが何度も言った。ミミはカーペットでバリバリと爪《つめ》とぎしたり、ふだんと何も変わらないように見え、そのうち、のこのこと居間を出て行った。

当日は朝から、私も母も言葉少なだった。子猫たちは元気に遊んでいる。ミミはいつものようにクルルル、クルルルルと、子猫をなめている。

出かける準備をして、次郎とナナをキャリーバッグに入れ、パタンと蓋を閉めた。

「ミミ、じゃあ行くね……。バイバイだよ」

ミミは、こちらをチラッと見たけれど、他の子を追いかけて行ってしまった……。拍子抜けするほどあっさりした別れだった。感傷的だったのは人間の方だ。

「じゃ、行ってきます」

と、キャリーバッグを担《かつ》いで家を出る時、声がつまって、母と目を合わせることができなかった。

電車を乗り継いで多摩市に向かった。電車の床にキャリーバッグを置くと、女学生たちが「あ、子猫だ！」と、中をのぞく。次郎とナナは、初めての外出に緊張しているのだろう。置物のようにうずくまって目をつぶっていた。

駅前には、兼田さんの奥さんが車で迎えにきてくれていた。いっしょにお宅まで行った。庭つきの二階建てで、居間に子猫のベッドもトイレも餌《えさ》も、準備万端整っていた。キャリーバッグを開けると、次郎とナナは自分から出てきて、床の匂いを嗅いでいる。

今後の連絡のことなど話し合い、どうかよろしくとお願いして帰ることになった。次郎とナナを置いていく……。言葉をかけようとしたが、できなかった。兼田さんに頭を下げて、後ろを振り向かずに歩きだした。

このあたりは、多摩ニュータウンという緑豊かな住宅地である。停留所でバスを待っていると、目の前の緑地を、さやさやと風が吹きわたっていくのが見えた。あの梅雨《つゆ》の朝から二ヵ月、ずっと子猫を見てきた夏だった。陽射《ひざ》しはまだ強いけれど、いつの間にか、風は秋に変わっている。

ナナは生まれつきひ弱で、おっぱいを飲むのもきょうだいに後れをとった。発育が遅くて、歩き方もおぼつかなげだった。いつもミミにくっついて、離れようとしなかった。

あの心配だった華奢《きやしや》な子が、一番最初に親元を離れていった……。次郎がいっしょでよかった。次郎がそばにいてくれれば、ナナも心強いだろう。だけど、幼いふたりが、いきなり親きょうだいから引き離されたのだ。きっとしばらくはさみしいだろう。早く新しい家族に馴染《なじ》んでくれればよいが……。風の吹きわたる緑地の景色がモヤモヤかすんで、ドライアイがしみる。

ミミは鳴かなかったと、母から聞いた。私が次郎とナナを連れて行った後も、いつも通り、太郎、クロ、しずちゃんをなめ、変わらずおっぱいをやっていたそうだ。

「不思議だねえ。一匹でも姿が見えないと、いつもあんなに探すのに……。よそにもらわれていったって、わかってるのかねえ」

その晩、里親の兼田さんから、さっそく連絡があった。次郎とナナは、ちゃんと猫砂におしっこをし、食欲も旺盛《おうせい》だと聞いてひとまず安堵《あんど》した。

その夜遅く、目が覚めた。階下に降りて行くと、暗い玄関の板の間にミミが座っていた。何を思っているのか、玄関のドアをじっと見ている。

「ミミちゃん」

「…………」

呼んでも振り向かず、ミミはじっとドアを見ていた。

恵比寿《えびす》の猫

次郎とナナが去った二日後、連載の打ち合わせで、編集者の佐和子さんと会った。仕事の話が一段落した後、私は子猫が生まれてから二ヵ月の出来事を話した。すると、

「えーっ、子猫がいるの？」

と、彼女はたちまち日なたのアイスクリームのようになった。佐和子さんも、以前は猫の可愛さというものがわからなかったそうだ。ところが、ある時、知り合いから「誰か育ててくれる人、いないかしら」と、一枚の写真を見せられた途端、そこに写っていた子猫に心を奪われたという。

「お見せしちゃおうかな。親バカですみませんね」

彼女は、鞄《かばん》から写真を取り出し、

「この子に、毎日毎日、魂を吸い取られてますよ」

と、溶け落ちそうな目をした。ミルクティーのような美しい色の縞《しま》の猫だった。名は「ケトさん」。今や一家の王子様なのだそうだ。

うちに寄りませんかと佐和子さんを誘った。

「ごめんなさい、うちはケトさんがいるから、飼えないのよ。でも……、ちょっと見せてもらうだけ。ほんとに見るだけよ」

と、佐和子さんは何度も念を押し、防御線を張った。「わかってますよ」と言った私も、下心はない。かわいい盛りの子猫を見てもらいたいだけだった。

ところが、玄関に入るなり、もう台所から子猫が、ひょこっと小さな頭を出した。

「わぁーっ、こんなに小さいの！」

次々に三匹、ゴム毬《まり》のように弾みながら出て来て、ミーミーと、私たちの足元を駆け回った。佐和子さんは、おろおろと立ちつくし、

「うわぁ〜、もう、どうしよう」

と悲鳴を上げた。彼女はあっという間に陥落した。「家族と相談してみます」と言って、帰って行った。

佐和子さんの気がかりは、ただ一つ。ケトさんとの相性だった。

「ケトさんとうまくいくようなら、一匹うちで引き取りたいけど……」

ボランティアのタカコさんに相談すると、

「心配いりませんよ。最初は多少うまくいかないことがあっても、時間をかければ仲良くなります。猫の相性よりも、大事なのは飼い主さんの決心です」

と、言われた。佐和子さんにそう伝えると、決断してくれた。

次の日曜日、佐和子さんは大学生の娘さんといっしょに、改めて子猫を見にやってきて、「クロちゃんをください」と、申し出てくれた。

クロには、他のきょうだいにはない魅力があった。真っ黒と真っ白のツートンカラーで、四肢《しし》がひょろりと長く、なんとなくヨーロッパの石畳が似合いそうだった。私は、タートルネックの黒いセーターを着たおしゃまなパリの子どもを連想した。

クロはきょうだいの中でも一番人懐こかった。青味がかった灰色の大きな瞳《ひとみ》でじーっとこちらを見つめ、まるで「ねーねー」と話しかけるように、メーメーと鳴く。

実は、サチコといっしょに来たミドリおばちゃんが、「あの黒白の子、かわいい」と、最初に気にいったのがクロだった。

「クロをもらってくれるという人がいるんだけど、ミドリちゃん、本当にいいの？」

母はミドリおばちゃんの気持ちを確かめた。

「ええ。うちのマンションはペット禁止だし、夫からは『これ以上飼うな』って言われてますし。クロちゃんが幸せになれるなら、その方がいいんです」

と、おばちゃんはうなずいた。

佐和子さんのお宅は恵比寿の一戸建てだ。母は床屋へ行って、須賀さん姉妹に、

「クロが恵比寿に行くことに決まりました」

と、報告した。すると、

「えっ！　恵比寿って、恵比寿ガーデンプレイスのあるところ？」

「広尾や代官山も近い、あの恵比寿？」

と、大騒ぎになった。

「クロちゃん、そんな高級なところにいくなんて、よかったねえ、野良猫の子だったのに」

「おかあさんのミミちゃんが賢いのよ。きっとここで産めば、子どもも面倒見てもらえると思ってお宅の門の横で産んだのよ。ミミちゃんは頭がいいもの」

と、姉妹は大喜びである。

クロが恵比寿に行く日は、九月十五日と決まった。この人懐こい目をした子といっしょに過ごせるのも、もうわずか……。そう思うとまた、胸のまん中を風が吹き抜ける。

ミミに話さなければ……。話してわかるのか確かめようはないけれど、いとおしげに子猫をなめる姿を見ると、やはり黙って連れて行くわけにはいかない。だけど、なかなか言い出せず、結局また前夜になってしまった。

もう何か感じているのか、ミミは私のそばに来なかった。いつも「ミミちゃん！」と声をかけると「ヒャン」と答えてやってくるのに、背中を向け、目を合わせようとしない。

クロも様子が変だった。しつこいほど「メーメー」と話しかけてくる子が、何も言わず、サイドボードの陰からこちらを見ている。

重い空気に耐えられなくなったのは母だった。

「典子。クロったら、さっきからずっと私の目を見てるのよ。この猫たち、全部わかってるよ。ミミは、クロまで連れて行くのかって思ってるんだよ」

じっと見つめる小さな子猫のまっすぐな視線に、胸が締めつけられる。

「クロちゃん、つらいよお！」

と、母は鼻をかんだ。私は振り向かないミミの背中に向かって言った。

「ごめんね、ミミちゃん。うちはみんなをいっしょに飼うことはできないんだよ。クロちゃんは明日、よそのうちに行くよ。でも、クロちゃんはいい人たちに可愛がってもらえるから、安心してね」

当日の午後は雨だった。キャリーバッグにクロを入れ、私はミミに声をかけた。

「クロちゃんは行くからね。サヨナラだよ」

クロはメーメーと鳴いたが、ミミはこちらを見なかった。家を出る時も、駅まで歩く間も、電車に乗ってキャリーバッグを床に置いてからも、クロはひっきりなしに鳴いていた。

「ねえ、どこかで何か鳴いてるよ」

「……あら、子猫よ」

「きゃぁー、かわいい！」

乗客がかわるがわる、キャリーバッグをのぞいた。クロが「ねーねー」と、のぞき込む人に話しかけているように聞こえた。

佐和子さんのお宅は、恵比寿ガーデンプレイスもほど近い三階建ての住宅だった。ご夫妻、息子さん、娘さんの一家四人でクロを出迎え、囲んでくれた。

心穏やかでないのはケトさんだった。そわそわしだしたと思ったら、いきなりクロに飛びかかって引き離された。突然、見知らぬ新入りが来て、みんながチヤホヤすれば、人間もやきもちを焼く。猫だって同じなのだ。ケトさんにかわいそうなことをした。

慣れるまでクロを別の部屋に置き、少しずつ互いの存在を知らせ、様子を見るべきだった。ケトさんの気持ちを思いやり、何事もケトさんを優先し、安心させてから対面させてあげればよかった。

初対面の失敗が尾を引いて、ケトさんとクロは顔を合わせるたびに大喧嘩《おおげんか》になった。体重六キロのケトさんと、生後二ヵ月のクロでは大きさがまるで違う。それなのに、クロも負けじと飛びかかったらしい。喧嘩のたびに、佐和子さんはずいぶん心を痛めたそうだ。

クロは娘さんの部屋にかくまわれ、娘さんのベッドでいっしょに寝るようになった。別々に暮らして冷却期間をおくうちに、喧嘩も徐々に落ち着いて、やがて二匹が同じバスケットの中で背中合わせにくっついて寝ている写真がメールで送られてきた。

クロの新しい名前は「テンちゃん」になった。「おてんば娘」の「てん」なのだそうだ。

多摩市の兼田さんからも、ナナと次郎の写真が送られてきた。ナナは「モナカ」、次郎は「小虎《ことら》」という名になっていた。芝生の庭に面した明るい部屋でじゃれあったり、奥さんの胸に抱かれて眠っていたり、二人とも元気そうだった。小さな鈴のついた色違いの首輪を付けてもらい並んでいる。ちょっと見ないうちに、ずいぶん大きくなっていた。

突然の別れ

ナナ、次郎、クロが矢継ぎ早に去り、わが家には、太郎としずちゃん、そして、ミミが残った。

ある日の夕方だった。

外出先から帰ってくると、ミドリおばちゃんがちょうど帰るところらしく、門の前で母と立ち話をしていた。母は私に気づいて、

「あ、いいところに帰ってきた！」

と、手招きし、ミドリおばちゃんは、肩から下げた布製のエコバッグをちょっと開いて私に中を見せた。

しずちゃんが入っていた……。

「連れて行きます」

おばちゃんの目がキラッとした。

「だけどペット禁止なんでしょ？　おじさんも反対だって……」

「でも……同じマンションに内緒で飼ってる人もいるし……。本当は来るたびに、今

日こそ連れて行っちゃおうかなって思ってたの」

その「今日こそ連れて行っちゃおうかな」という言葉に、おばちゃんの募る思いがにじんでいた。母はしきりに、

「いいのかねえ〜、こんな顔の子で……」

と、申し訳ながった。

「あんた、本当はクロちゃんが好きだったのに、遠慮したんでしょ。しずちゃんはもらい手がないから自分が引き取ろうと思ってるんじゃないの？　ねえ、遠慮しないでいいんだよ。太郎だっていいんだよ。太郎を連れて行きなさいよ」

母の「こんな顔の子」という言い方に、私はムッとした。

確かに、以前は私も、しずちゃんを不憫《ふびん》に思っていた。目ヤニのひどかったころのしずちゃんは、「アカンベエ」状態でかわいそうだった。子猫を見に来た人たちは、太郎や次郎をかわいいと言い、それから、しずちゃんの斑点《はんてん》だらけの顔に視線を移すと、

「あら、どうしちゃったの？」

「あーあ、失敗しちゃったわねえ」

などと笑った。そのたびに、私はちょっと傷ついた。

「子猫のことですごく世話になったのに、こんな子をもらってもらったんじゃ、あんたに申し訳ないじゃないの」

と、すまながる母に、いつもはっきり意見を言わないミドリおばちゃんが珍しく反論した。

「違うんですよ。私、この子の、この模様が好きなんです。私も最初にしずちゃんを見た時は、ちょっとかわいそうかなぁと思いました。でも、見てるうちに、この模様が好きになっちゃったんですよ」

私は、おばちゃんの気持ちがわかる気がした。

整った美しい顔は、多くの人に愛されるけれど、この世の中、それだけではない。変わった顔、おもしろい顔を愛する人もいる。ボランティアのタカコさんが、

「万人受けはしないけど、しずちゃんはマニアに受ける顔ですよ」

と、いみじくも言った。しずちゃんの顔は、そんじょそこらにはない「一点もの」だった。どういう時か、その黒い眼帯をしたパンダのような顔が、すごくかわいく見える瞬間があった。

ミドリおばちゃんは猫をいっぱい見て来た「通」だから、そういうしずちゃんに惹《ひ》かれたのだろう。かわいそうだからあの子を引き取るのではない。あの子が好きなの

だ。

「悪いねえ〜」

と、母はひたすらあやまり、私は、

「おばちゃん、しずちゃんをよろしくお願いします」

と、頼んだ。

「しずちゃん、さよなら」

「元気でね、しずちゃん」

ふくらんだエコバッグを大事そうに肩から下げたミドリおばちゃんが、駅へ向かって坂を下りて行く。まさか、こんな突然の別れになるなんて思っていなかった。あの日、植え込みで生まれた子が、また一人、去って行く。しずちゃんの入ったエコバッグがだんだん遠く小さくなって、角を曲がって見えなくなるのを、母と二人、黙って見つめた……。あの子が去った曲がり角に、赤紫の萩《はぎ》の花が揺れている。なんだかさびしい夕暮れだった。

家に入ると、六匹いた居間に、ミミと太郎しかいない。えらく小人数になった気がした。

それにしてもミドリおばちゃんは、「駆け落ち」でもするように、しずちゃんを連れて帰ったけれど、叔父や管理組合は大丈夫なのだろうか。それに先住猫もいる。人間でいえば九十歳くらいの「おじいちゃん」で、このところ寝てばかりいるというが、ケトさんとクロ（テンちゃん）の時の失敗がある。うまく馴染めるだろうかと気になった。

後日、ミドリおばちゃんから電話がかかってきた。叔父は、エコバッグから出て来たしずちゃんの顔を見ると、

「なんだ、もらってくるなら、もっとかわいいのをもらってくればよかったのに」

と、言ったが、返してこいとは言わなかったそうだ。一人娘の愛《まな》が、しずちゃんをすごく可愛がってくれているという。

心配した先住猫のおじいちゃんとしずちゃんの仲も、実にすんなりいっていた。しずちゃんは、すぐに懐いて、おじいちゃんのおっぱいを揉《も》みながらいっしょに寝ているという。おじいちゃんは年のせいか、抵抗もせず、黙って揉まれているそうだ。

「管理組合に見つかって何か言われたら、その時はその時です」

と、ミドリおばちゃんは腹をくくったらしい。

愛がしずちゃんに、「ミュウ」という新しい名前をつけてくれた。

ナナと次郎を連れて行った日も、クロがいなくなった時も、そして、しずちゃんが

突然去った後も、ミミは鳴いて探したりしなかった。

「わかってるんだよ。子育て中は、ちょっとでも姿が見えないと、あんなに探したのに、一切探さないもの。ミミはちゃんとわかってるんだよ」

と、母は言った。


ミドリおばちゃんは、しずちゃんを引き取ってからも、相変わらず律義《りちぎ》にキャットフードやお土産《みやげ》を持って、太郎とミミの様子を見に来てくれた。ミドリおばちゃんのことを、うちでは「猫のおばちゃん」と呼ぶようになった。

「今日は、猫のおばちゃんが会いに来るよ」

と、母が、ミミと太郎に話しかける。昼ごろ、玄関のチャイムが鳴って、母が「はぁーい」と、迎えに出る。その母の足元にまとわりつくようにミミも走って行った。

「ミミちゃん、ほら、猫のおばちゃんが来たよ」

すると、何を思ったか、ミミが急に縁側の方に走って行った。母がそれを目で追いながら「ミドリちゃん、あれ見て」と、ささやいた。ミミがクルルルと鳴きながら、縁側で眠っている太郎を起こしていた。

「猫のおばちゃんが来たって、太郎に知らせに行ったんだわ」

太郎が弓なりに身体《からだ》を伸ばし、ミドリおばちゃんのそばにやってきて「ミー」と鳴いた。ミミもおばちゃんの腕にこつんと額をぶつけ、顔をこすりつけた。

この猫たちは、ミドリおばちゃんがかわいがってくれると知っている。しずちゃんを大事にしてくれていることもわかっているのかもしれない。ミドリおばちゃんは、その日も、携帯の動画を私たちに見せて、

「見てくださいよ。ミュウちゃんはすごくかわいい目をしてるんですよ。私、この子の、この模様が好きなの」

と、目を三日月のように細めた。

サチコの涙

「典子おねえちゃん、太郎はどうするの？」

サチコから電話がかかってきたのは、ミドリおばちゃんがしずちゃんを連れて行った数日後だった。サチコは職場に復帰して忙しくなり、このところ足が遠のいていた。

「太郎はまだ里親募集中だよ。でも、あとは太郎の行き先さえ決まれば肩の荷が降りるし、もう一息だねって、母とも話してるところ」

「それじゃ、ミミちゃんは？」

「……」

「ミミちゃんはどうするの？」

「うちが……里親になろうと思ってる」

野良《のら》猫だったのだから、外に放せばいいと最初は思っていた。だけど、母も私も、あのころとは違う。

毎朝、洗面所で顔を洗っていると、ミミがやってきてふわふわした毛で脚に触れる。

「ミミちゃん、おはよう」と言うと、顔を見上げて「ヒャーン」と返事をする。足にまとわりつくようについてきて、座れば腕や胸に額を押しつけ、ごろんと寝転んで、なでてと催促する。叱《しか》れば落ち込み、目を合わせると気まずさに慌《あわ》て、仲直りするまで心のわだかまりを引きずる。こんなデリケートな感情を見せる生きものが、野良猫として路上で生きるということはどれほど過酷で危険なことだろう。

猫の保護をしている人たちから聞いた。野良猫の栄養状態はつねに悪く、ほとんどの猫が何らかの感染症にかかって短い命を終える。交通事故に遭う確率も高い。人に懐いたばかりに虐待され殺される子もいる。家猫の寿命はどんどん延びて、最近では二十年以上生きる猫もいるけれど、野良猫の平均寿命はたった三年という。それを聞いた日、母は、

「私が死んだら、あんたが面倒見てくれるだろうから」

と、私をチラッと見た。

「……うん」

何気ない一言だけど、私と母の約束だった。その時、ミミの里親になろうと決めた。

そう話すと、突然、サチコが、

「典子おねえちゃん、お願い！　ミミといっしょに太郎も飼って！」

と、胸の内を吐き出した。

「えっ……ちょっ、ちょっと待ってよ」

私はたじろいだ。二匹なんて、困る。ミミだけでも重い責任を感じているのだ。それが二匹となれば、負担も責任も倍になる。サチコはそれを見透かしたように、

「面倒見るのは一匹も二匹も同じだよ。餌だって猫砂だってそんなに変わらない。大変じゃないよ」

「ミミと太郎だって、別々になるよりいっしょの方がしあわせだよ。二匹いれば、留守の時もさびしくないし、むしろその方が飼い易い」

「長い旅行の時は、私が面倒をみるから」

「典子おねえちゃん、猫を飼うとしあわせになるよ」

と、畳みかけるように訴えてきた。

それから、つくづくと感慨にひたる口調になって、

「だって、子猫が自分の家で生まれるなんて……。これは絶対、授かりものだよ。私は、死んだおじさんが贈ってくれたんだと思う」

と、言った。

その手で来たかと、私は声に出さずに笑った。

父からの贈り物だなんて……。

その時、突然、頭の中で、「アッ」と声がした。思い出したのだ。父が子どものころ、雨の日に見た子猫のことを……。子猫が生まれたのは、父が好きだった白木蓮《はくもくれん》の切り株の根元だった。あの日も、雨が降っていた……。

サチコは、父の子ども時代の思い出はもちろん、私たち家族にとって、あの白木蓮が父の思い出の木であることも知らない。

「……」

木々の葉を風が吹きなでたように、胸の奥がざわめいた。

けれど、私はそれを隠して、

「でもね、やっぱり二匹は荷が重いの……」

と、サチコをさえぎった。彼女はさびしげな溜《た》め息《いき》をついて電話をきった。

それでもサチコは諦《あきら》めなかった。今度は母に電話をかけてきた。

「おばちゃん、太郎をよそへやらないで。太郎は死んださくらにそっくりなの。きっとさくらの生まれ変わりだと思う。私はずっと、太郎が好きだった。いつ参戦しようかと思ってた。でも、うちのマンションはこれ以上飼えないの。おばちゃんだって、太郎が大きくなったら、あの縞模様がどうなるか見てみたいって言ってたじゃない。

お願いだから、太郎をよそへやらないで。おばちゃんの家で飼って……」

母はサチコにこう言って泣かれたそうだ。次々に里親が決まって行く中、好きな子がよそにもらわれてしまったらどうしようかとサチコは気をもんでいたのだろう。それを思うと、あの粘り強さがいじらしかった。

「わかったわかった。それじゃあね、サチコの猫として、太郎もうちで飼うことにするよ」

母はサチコに押しきられた。

「典子、おまえも、いいね？」

私も、彼女の一途さに負けて「いいよ。わかった」と同意した。

翌日、母は朝から、猫のことで世話になった人たちに電話で挨拶《あいさつ》していた。

「……そういうわけでね、皆さんにご心配をおかけしましたけど、ミミと太郎はうちが里親になることになったんですよ。おかげ様で、これで全員決まったので、これから、この体制でやっていきます」

倉ちゃんも子猫たちの行く末を気にかけてくれていた。ヒメコが忘れられず、もう猫は飼わないと決めていた倉ちゃんだったけれど、ミミの子猫たちに心が揺れていた。

彼女が三度目に子猫を見に来た日、居間の床に座った倉ちゃんの黒いスカートの上に、遊んでいたクロがぴょんとのって座った。倉ちゃんが微動だにせずにいると、クロは彼女のスカートの上で丸くなり、すやすやと眠ってしまった。

「はあ――――っ」

という溜め息といっしょに、倉ちゃんの空気がプシューッと抜けた。彼女はクロをスカートにのせたまま、腰が抜けたようになって、

「これって、運命かなぁ……」

と、手首で目尻《めじり》の涙を拭《ふ》き上げた。

彼女は家でお母さんと、「もらい手が見つからなかったら、二匹引き取ろうか」と相談してくれたそうだ。けれど、倉ちゃんもお母さんも昼間はお店があって、自宅マンションが留守になる。そのマンションもペット禁止で、管理組合に内緒で飼わなければならない。これから二十年近く生きる子猫の一生に最後まで責任が持てるか。それらを考えると、決心できなかったそうだ。

「そう……。全員決まったの」

彼女は、さびしさと安堵の入り混じった声でしみじみとつぶやき、

「でも、森下家にミミと太郎がいると思うと、なんだかほっとする」

と、言ってくれた。

大学時代の友人カオルも知り合いに声をかけ、里親を探してくれていた。しずちゃんがもらわれて行ったところまでは知らせてあったが、

「あとは、太郎ちゃんとミミちゃんだよね」

と、出先から電話をくれたので、

「実は、うちが里親になることにしたの」

と報告すると、「えっ？」と言ったきり、音がしなくなった。電波の状態が悪くなったのかと思った。しばらくして声が戻ってきた。

「……典ちゃんちが里親になってくれるの？」

「うん」

「太郎ちゃんとミミちゃん、二匹とも飼ってくれるの？」

「うん」

猫好きではなかったわが家が里親に、それも二匹の里親になるなんて、カオルは思いもよらなかったのだ。電話の向こうで、

「ありがとう。……なんだか泣けちゃう」

と、震える声がした。そのまま母に伝えると、

「私はこの年になって知ったよ。世の中には、こんなに猫のことを思ってくれる人たちがいるんだね。『ありがとう』だなんて……猫じゃないのに」

と、声をつまらせた。

いつかは、よそに行く子を預かっている……。そう思っていた太郎が「うちの太郎」になった。そう思った時、自分の中で抑えつけていた何かが一気に解き放たれた。

ミミも太郎も、もう、どこへも行かない。いっしょにいられる……。

穏やかな日々が戻ってきた。だけど、以前のわが家とはまるで違う。いつもどこかでミミと太郎の声がする。その声が

ミミはこうしていつも、子どもたちをかわいがっていた。
なめてもらっているのは次郎。生後2ヵ月ごろ。

うれしくてたまらない。

夕方五時、母は台所の流しに立って餌の支度を始める。洗って重ねたホウロウ製の二つのボウルの縁がぶつかってカチャカチャ鳴ると、太郎が飛んできて、母の足元で「ニャー」と、鳴いた。

「典子！　典子！」

母が私を呼んだ。

「今の聞いた？　太郎ちゃんがかわいい声で、ニャーって鳴いたよ」

「……え」

ミーミーと子猫の声で鳴いていた太郎が「ニャー」と鳴いたのは初めてだった。

「太郎ちゃん、もう一回鳴いてごらん」

「ニャー、ニャー」

子どもらしく透き通ったかわいい声だった。母はしゃがみ込んで、

「いい子だ。うちの太郎はいい子だ」

と、小さな虎《とら》模様の頭をしきりになでた。

その晩、居間に座っていると、ミミがやってきて、かくれんぼの女の子みたいに私

の腕に額をこつんと押し当てた。小さな後頭部をなでながら、

「ミミと太郎は、うちの子になったんだよ。これからずっといっしょだよ。だからミミちゃん、長生きしてね」

と話しかけた。ミミは顔を上げて私を見つめ、「ヒャーン」と、優しく鳴いた。

第四章

新しい家族

外の人

十月。朝はぐんと冷え込んできた。布団《ふとん》にくるまって眠っていると、階下で「ニャア！」と、元気な声がする。太郎である。最初は、階段の下から私を呼ぶ。それから階段をすっ跳んで駆け上がってくる音がして、私の部屋の前で「ニャー！　ニャー！ニャー！」と、連呼する。私は布団を這《は》いだし、太郎が入れるように戸を少しだけ開けて、温かい布団にまたもぐりこんだ。すると、枕元《まくらもと》にやってきて「ニャー！　ニャー！」と、呼ぶ。

「太郎ちゃん、お願い。もうちょっと寝かして」

「ニャー！　ニャー！　ニャー！」

うるさくて眠っていられず仕方なく起き上がると、太郎は「ニャ」と短く言って、階段をタタタタと忙しそうに駆け降りて行く。

私が着替えて階下へ降りて行くと、ミミが待っている。

「おはよう、ミミちゃん！」

ミミは私の足にからみつくように体をこすりつけ、「ニャ〜ン」と甘え声で鳴いて、ごろりと横たわる。私はその場にしゃがみこみ、赤ん坊をあやすような声色で、

「よしよし、ミミちゃん、かわいいな、ミミはかわいい女の子」

と、節《ふし》をつけて歌いながら、ミミをなでる。

ちょっと前まで、こういう人たちを、遠くから冷ややかな目で見ていた自分が、今や朝から恥ずかしげもなく猫を相手に声色を使っている。

そこへ再び太郎がやってきて、ニャー！　と、私とミミの間に細い体で割り込む。

「はいはい、太郎ちゃんもかわいいよ。いい子だな、うちの太郎はいい子だな」

ミミと太郎、両手で同時になでている私を見て、母は、

「また、太郎が起こしに行ったんでしょ。太郎は、おまえを起こすのを自分の役目だと思ってるんだよ」

と、笑う。母と私の一日は、猫の話で始まるようになった。

太郎が私を起こすのは、日も高くなってからだが、母は毎朝、五時に起こされる。

「窓を開けろって、ニャーニャーうるさいんだよ。庭の木に鳥が来るから待ちきれないんだね。『まだ早い！』って怒ると黙るんだけど、二、三十分すると、今度は耳元

に来て、遠慮っぽく催促するんだよ」

「どんなふうに？」

「顔に何かがゴソゴソさわるから、くすぐったくて目を開けると、太郎の髭《ひげ》なんだよ。太郎の顔がすぐ目の前にあって、ちいさい声でニャ〜〜ってささやくんだよ」

「へええ……」

「ミミはちょっと離れたところで黙って見てるの。起こしてこいって太郎に指図してるんじゃないかね。うるさくてしょうがないから窓を三十センチくらい開けてやったの。そしたら、二人で並んで鳥を見ながら、髭を小刻みに震わせて、カカカカ、カカカカって、ヘンな音を出すんだよ。あれ、鳥の真似《まね》してるのかね」

「へえ〜、鳴いて見せてよ、太郎ちゃん」

猫とは、なんと可愛《かわい》い生きものなのだろう……。

鼻の下のぷっくりとした二つのふくらみ。そこにプチプチと整列している髭の毛穴。釣り糸みたいにゴワゴワした髭。真正面から見ると不満げな「へ」の字なのに、横から見ると笑っているみたいに口角の上がった口元。三角の耳の中の、ふさふさした耳毛。とっても短いまつ毛。丸っこい手の、ぷにぷにとした肉球……。どのパーツを見ても、愛《いと》おしさが湧《わ》いてくる。

家の中に花が咲いたようだった。

私と母は、仲が悪いわけではないけれど、朝から和やかに笑ってしゃべるなんて、この数年ほとんどなかった。私が二階から降りてくると、母は朝刊を広げていつも元気に怒っていた。怒りの矛先は、政治家、官僚、アメリカ、今の若者……と、いくらでもあった。母は常に自分が「正義」だった。

私は元々朝が苦手だ。職業病の肩コリで不調の朝を迎え、二階から降りてくると、起きぬけから母の正義の怒りに当てられ、いっそう不機嫌になる。些細《ささい》なことから、言い合いになることもままあった。

「またそんなの買ったの？　似合わないよ」

「でも、これけっこう高かったんだよ」

「高くたってダメだよ。年寄りくさく見える」

「あ〜あ、またおまえにケチつけられた」

「ケチって何よ。どうでもいいなら何も言わないわよ。どうでもいいと思わないから言ってるの」

「もういいよ」

「良くないよ」

なまじ言葉が通じるせいで、心が乱暴にすれ違う。言い合いの後は、私も母も重いため息をついて、たった二人しかいないのに、人間というものが面倒くさくなった。

それが今は、猫を挟んで、母と笑い合っている。

そういえば、サチコの母親である貞子おばちゃんが言っていた。子どもたちが家を出て、夫婦二人きりになってから、ちょっとした行き違いで叔父が、叔母に全く口をきかない時期があった。そんな時に、サチコの飼っていた子猫を預かることになった。ある時、叔父が子猫のしぐさを見て、思わず「見ろ見ろ！」と、声をあげた。二人きりだから声をかける相手は叔母しかいない。叔父が叔母に声をかけたのは、久しぶりだった。それから時々、「ほらほら、来て見ろ」「あー、今、可愛かった」などと叔母を呼ぶようになり、二人で子猫のしぐさを見て笑ううちに、元の家族に戻ったのだそうだ。

「猫がいることで、初めて本当の家族になれた気がしたよ。猫には感謝してもしたりない」

と、貞子おばちゃんは言った。

子猫が生まれた日、途方に暮れた母が相談に行ったお隣の佐々木さんも、洗濯もの

を干しながら、時々、

「その後、野良《のら》猫の子、どうなりました？」

と、気にかけてくれていた。母は、

「よかったら、ちょっと見に来てくださいよ」

と、佐々木さんを誘った。庭に真っ赤な鶏頭《けいとう》の花が咲いている秋晴れの午後、佐々木さんのおじさんとおばさんは、つっかけをはいてわが家の庭へやってきて、二人でガラス越しに中をのぞいていた。

サチコが買ってくれた籐籠《とうかご》のベッドの青い毛布の中で、ミミと太郎が抱き合って眠っている。ミミのフワフワした白い毛と、太郎の短毛の虎《とら》模様が、暖かな陽射《ひざ》しを浴びていた。

「野良猫っていうから、どんな猫かと思ってたけど……。奥さん、かわいいじゃないの」

と、佐々木さんのおばさんは目尻《めじり》を下げて笑った。

おばさんのすぐ後ろで、おじさんが目にいっぱい涙をためていた。おじさんは、このごろとても涙もろい。

「この子たちは、もう野良猫じゃないよ」

と、言うのが精いっぱいだった。

母の三十年来の友だち、尾関《おぜき》さんが遊びに来た。母と同じ年で、数年前にご主人を見送り、今は一人暮らしである。尾関さんはこの三ヵ月余りの事のあらましを母から聞いていて、

「偉いねえ、このおかあさんは」

と、ミミにしきりに感心した。

「元は野良猫だったんでしょ？　それが門前の茂みで産んだ五人の子を一生懸命育てて、全員いい家にやって、そのうえ、自分も家付きになったのよ。なんて賢いおかあさんだろうね」

「そうなの。餌《えさ》を食べる時だってね、子どもたちが食べ終わるまで、自分は待ってるのよ。自分の体より大きな餌の袋を、ズルズル引きずって子どもたちに食べさせようとしている姿を見た時は、私もグッときちゃったわ」

「親の鑑《かがみ》だねえ。下手な人間の親より偉いわよ。きっと子どもたちの将来を考えて、ここなら大丈夫と思ってお宅で産んだのよ」

「そういえばね、子どもを産む何日か前に、うちの中に入ってきたことがあったのよ。

もしかしたら、あの時、下見に来たんじゃないかしら」

「そうよ。それは絶対、下見に来たのよ」

母と尾関さんは、路頭に迷う野良猫が、茂みで子を生み、懸命に子育てし、我と我が子の人生を切り拓《ひら》くに至った顚末《てんまつ》にいたく感動し合っていた。

母は誰か来るたびに、「そうなの。野良猫だったのよ」「捨てられたのかねぇ。野良猫の一番後ろにくっついて歩いてたのよ」と、何はばかることのない大声で語り、毎回毎回、それを繰り返した。

ミミはそれをそばで聞いていた。自分たちのことだとわかるのだろう。耳がピッと立っている。

「ほら、ミミが聞いてるよ」

と、言うと、ミミは寝がえりを打って背を向ける。その丸まった背中が、いつもより小さく見える……。

「あたし、無神経だったよ」

ある日、母は神妙な面持ちで反省を口にした。

「来てくれた人たちに、野良猫だったって話してると、ミミの様子がなんだか変なんだよ。しょぼんとするんだよ。意味がわかって、落ち込むんじゃないかねえ。ミミに悪いことしちゃったよ。あたしは、自分が無神経な人間だっていうことに、この年で気づかされたよ」

母はそれから、ミミのいる所で人に話す時、「ミミが傷つくといけないから、大きな声じゃ言えないけど」と前置きして声をひそめ、

「ほら、この人は野良猫だったでしょ」

と、耳打ちするようになった。すると、ミミはますます敏感になって、耳をピクッと動かし、アンテナを声の方へ向けた。その様子を見て、母は「野良猫」という言葉をやめ、他の言い方をするようになった。

「ほら、ミミちゃんは、もともと『外の人』だったからね」

と……。

ミミはこれを、どう思って聞いているのだろう。ともあれ、母も母なりに、ミミに気をつかっている。

二人だけの秘密

太郎はきょうだいが去った後もひとり、子猫気分を満喫していた。すでに餌はミミと同じものを、時にはミミの分まで食べている。体の大きさもミミに迫る勢いだ。なのに今だに、ミミのおなかの下に頭をねじ込んで、無理やりおっぱいを吸っている。ミミは嫌がり、甲高いヒステリックな声を上げてぶら下がる息子を振り払う。それでもしがみついて離れないと、後ろ肢《あし》で息子の頭を猛然と「ケリケリ」し、そのまま取っ組み合いの親子喧嘩《げんか》になった。いつの間にか、むっちりとふくらんでいたミミの乳房も小さくなっている。以前はクルルル、クルルルと、鳩《はと》のような優しい声で子猫たちを呼んでいたがその声も聞かなくなった。

その冬、ミミは私に特別な親密さを見せるようになった。仕事部屋でパソコンに向かっていると、「ヒャーン」と小さな声がする。振り返ると、戸口にぽつんとミミがいて、私を見ている。

「ミミちゃん、来たの？」

「ヒャ」

「ここにおいで」

ミミはフローリングの床をまっすぐにやってきて、ひらりと私の膝《ひざ》に飛び乗り、冬眠するキツネのようにくるんと小さく丸まった。横目でチロッと私を見上げ、目をつぶる。喉《のど》をなでてやると、顎《あご》をそらせ、半開きになった口元から、かわいい芽のような白い牙《きば》をのぞかせる。そして、遠くでミニバイクが走っているような音を喉の奥でゴロゴロと鳴らす。

私はミミをなでながら、「ミミちゃん、ミミちゃん、ねんねしな……」と、即興の子守唄《こもりうた》を口ずさんだ。するとミミは私の太腿にしきりに顔をこすりつけながら、ゴロゴロゴロゴロと喉を響かせた。

ミミは時々、前肢で毛布を「フミフミ」しながら、うっとりしていることがある。このしぐさは、母猫の乳房を揉《も》みながらおっぱいを飲んだ名残《など》りだというが、ミミも母親が恋しいのかもしれないと思った。

その時、突然、戸口で「ニャア！」と元気な声がした。息子である。太郎はいつまでもミミの後を追いかけてくる。その途端、私の膝の上で甘えていたミミが、ビクンと飛び上がった。そして、今までのことなどなかったように素っ気ない態度で私の膝からタンと飛び降りると、太郎の鼻先を通り過ぎて、階段を駆け降りて行った。私は初め、そんなミミの態度の急変を、猫の気まぐれなのだろうと思っていた。

それからも幾度かそんなことがあった。私の膝の上でなでられている時に太郎が入って来ると、ミミは突然、素っ気なく私の手を振り払い、部屋を出て行くのだ。ある時、ハタと気がついた。もしかすると、ミミは甘える姿を、太郎に見られたくないのかもしれない……。

そういえば、ミミがスキンシップを求めてくるのは、いつも、私がひとりきりの時だった。「おいで」と呼ぶと、ミミは駆け寄って来る前に、なぜか後ろを振り返って戸口を見る。膝の上でなでられている間も、チラチラと戸口を見ていた。太郎がいつやってくるか気にしているようだ。誰も見ていない所で甘えたいのかもしれない。そう考えると、猫の気まぐれだと思っていたミミの態度の急変に、合点《がてん》がいった。甘える姿を見られるのが恥しいのか、「親の沽券《こけん》」にかかわるのか、いずれにせよ、ミミの気持ちを察してあげなければいけなかった。

次に部屋に入ってきた時も、ミミは振り返って戸口を気にしたので、私は戸を閉めた。すると、ミミは驚いたように目を見開いて私を見上げた。部屋の中に二人きりになった。

目と目が合った。ラムネのガラス瓶のような色の瞳《ひとみ》が、私の目をまっすぐ見ていた。

底深い瞳だった。その奥に、ミミの心があるのだろうか。なんだか宇宙につながっているような気がした。

「……」

「……」

その瞬間、私たちの心は通じ合った。

これは二人だけの秘密……。

ミミは私の膝の上でゴロゴロ甘え、私はちょっとどきどきしながら、ミミをなでた。ほどなく廊下で息子がニャア、ニャア叫び、閉まっている戸をカリカリと引っかき始めた。ミミはパッと身を起こし、戸を見て、私の目をのぞいた。その間、わずか一秒。あの電光石火で、ミミは何を考えたのだろう。次の瞬間には、膝からタンと飛び降りた。

「わかったわかった。今開けてあげるよ」

戸を開けると、息子がきょとんとした顔で座っていた。ミミは太郎の鼻先をかすめ階段をタタタタと駆け降りて行った。

魔性の女

私は時おり、ミミに振り回されているような気がすることさえあった。

その午後も、ミミは二階にやってきて私の膝に乗った。私はちょうど、出掛けるところだったので、ミミを椅子《いす》の座面に置き、立ち上がりかけた。すると、私のセーターの袖口《そでぐち》が何かに引っかかった。ミミの手だった。

「ミミちゃん、ダメ。今はあんたの相手をしていられないの」

袖口に引っかかったミミの爪《つめ》をそっと外し、部屋を出ようとすると、「ミャ〜ン！」と声がした。「今はだめ」と振り返った瞬間、私は釘《くぎ》づけになった……。

ミミは、椅子の上で、雪のように白いモフモフとしたおなかを見せ、甘えるように、ごろんごろんと身をくねらせていた。その時のミミは、もうあのけなげな母ではなかった。子猫のように快活で、無邪気で、たまらないほど愛らしかった。

私はうろたえた。すると、それがわかるのだろう。面白がって瞳をキラキラ輝かせ、体を激しくクネクネさせる。その魅力に抗《あらが》えなかった……。私は蜘蛛《くも》の巣にからめとられたようになって引き戻され、「ミミちゃ〜ん！」と、おなかをなでまわし、モフモフした白い毛にがばっと顔をうずめて、綿毛のような手ざわりと、蒸しパンに似た匂《にお》いを思いきり嗅《か》いでいた。

それからミミは、私がひとりでいると、台所だろうと廊下だろうと、ごろりと仰向けになって、私を誘うようになった。そういう時、ミミの目はいたずらっぽくキラキラ輝き、その光の中に、必ず引き寄せる自信が見えていた。


「今晩泊めて」

ナオミがやってきたのは、冷たい雨の降る夜ふけだった。私たちは幼なじみで、境遇がどこか似ていた。結婚せず、母親と二人暮らし。

ところが去年、お母さんが急死し、彼女はひとりになってしまった。

その夜、ナオミはかなり飲んでいた。実は、会社が危ない。関連企業の不渡りに巻きこまれて連鎖倒産しそうだという。お母さんの急死から、いろいろなことがあって心労が重なったのだろう。ナオミは痩《や》せて白い顔をしていた。

もう母も寝た後だった。居間の卓袱台《ちゃぶだい》に酔って突っ伏したナオミをひとり残し、私は二階で布団を敷いていた。

その時のできごとを、ナオミは後で私に告白した。

……突っ伏している彼女の脇《わき》の下に、何か温かいふっくらとしたものが触れたと思うと、くるんと脇をくぐって卓袱台の下にもぐりこんだ……。目を開けると、卓袱台の下から、ミミのまん丸い目が心配するようにのぞきこんでいた。

「不思議な目だったわ。どこまで深いのかわからないのよ。その目を見ていたら、今の私のさびしさも心細さも、この猫が全部わかってくれているような気がしてね。なんだかギューッと抱きしめたくなっちゃった」

わが家に泊まった翌朝、彼女が洗面所で歯を磨いていると、脚にふわふわと柔らかいものが触れた。ナオミは、そこにいたミミに目を見張った。

それは、昨夜、卓袱台の下から心配そうに彼女を見つめた、あの優しいおかあさん猫ではなかった。

「いい女だったわぁ〜。若々しくて、スラーッとして、どこか神秘的だったの」

ミミはキラキラとした瞳でナオミを見つめて、小さな声で甘えるように鳴き、歩いて向こうへ行ってしまうのかと思うと、クルッと肩越しに振り返って、意味ありげに「ヒャ〜ン」と鳴き、また歩いてはクルッと振り返って視線を送ったという。

覚えがある……。

「それ、二人きりの時じゃない？」

「そうなの」

「ドキドキしたでしょ？」

「した。あれは、完全に私を誘ってた。だって、ミミちゃん、他の人には内緒ねっていう顔をしたもん。あれは魔性の女だわ」

犬のような猫

ミミに比べると、太郎はふつうの男の子だった。

前肢でどんぐりを転がしてサッカーをし、ころころと転がってサイドボードの下に入ってしまったどんぐりを、前肢を伸ばして取ろうと必死にもがいている……。よちよち歩きだったころは、きょうだいたちと、このサイドボードの下を出たり入ったりして遊んでいたが、今はどんなに身をよじっても体が入らなくなり、転がり込んだどんぐりに手が届かない。ある時、母が竹の物差しで、サイドボードの下を一搔《ひとか》きしたら、どんぐりの他にも、鈴、猫じゃらし、ネズミのおもちゃなどがホコリといっしょに、ころころと出て来た。

そのネズミはサチコのお土産で、太郎のお気に入りだった。イチジク型のプラスチックに鼠色《ねずみいろ》の布を張りつけただけなのに、ちゃんとネズミに見える。これが吊《つ》り竿《ざお》の紐《ひも》の先に付いていて、紐を座布団の下にくぐらせて引っ張ると、ネズミが座布団の下にチョロッと入っていく。その途端、太郎とミミがいっせいに襲いかかる。サチコが、それを見て、

「太郎ちゃん、君はネズミ知ってるの？」

と、からかうように笑った。ミミは「外の人」だったから、ネズミを知っているだろうが、太郎は見たこともないはずだ。それなのに、一人前の猫らしく、低く身構えて尻をクリクリッと振り、座布団の下にチョロッと入るネズミに飛びかかる。

そのネズミでさんざん遊んでいるうちに紐が切れ、サイドボードの下に入ってしまった。

久々に出て来たネズミは、かじられて頭も禿《は》げていた。それでも太郎は、そのネズミにご執心である。私が居間でくつろいでいると、部屋の隅にあるおもちゃ箱に行って、たくさんのおもちゃの中からネズミを選び、くわえてきて私の膝の前に置く。そして、少し離れたところで体を低くして、私が投げるのを今か今かと待ち構えるのである。

私がネズミをポーンと投げ上げると、太郎は驚異的な身体能力を見せる。軽々とジャンプして、空中で上半身を半回転ひねりながら見事にネズミをキャッチし、トンと着地する。

「太郎ちゃん、ナイスキャッチ！」

と、ほめると、それをくわえてまた私の膝前に持ってくる。そして、少し離れたところで身構えて待つ。思いきり高く投げ上げても、身長の何倍もの高さまでジャンプして、キャッチしたネズミを私の前に持ってくる。

「よおし、千本ノックだ！」

私も張り切ったし、太郎も燃えた。

太郎と遊んでいると、私は時々、犬と遊んでいるような錯覚を覚えた。子どものころ、うちにいたピンキーも、私が投げたものをこんなふうにキャッチしてはくわえてきて、また投げられるのを待っていた。

仕事部屋から降りる時、階段の手すりの上にいる太郎に「おいで」と声をかけると、太郎はトンと手すりから飛び降り、私といっしょに階段を駆け降りる。柴犬《しばいぬ》のモモも、いつもこんなふうにいっしょに公園の階段を駆け降りた。

「太郎ちゃん、あんた、本当に猫なの？」

私は太郎のことを、ピンキーかモモの生まれ変わりではないかと思ったりした。

いつだったかサチコが言っていた。

「猫が嫌いという人は、たぶん、猫を飼ったことがない人なんだと思う。飼ったことがないから、知らないだけなんじゃないかな」

そうかもしれない……。「犬派」「猫派」というのも、「犬派」だという人は、犬しか飼ったことがなくて猫を知らず、「猫派」だという人は、猫しか飼ったことがなくて犬を知らない。ただそれだけなのかもしれない。

現に私も、ちょっと前まで自分を「犬派」だと思っていた。けれど、成り行きでこうして猫と暮らしてみたら、自分が遊んでいる相手が、犬なのか猫なのか時々わからなくなって、どっちでもよくなった。つまり私がネズミ投げをして遊んでいる相手は、犬でも猫でもなく、「太郎」なのだった。

太郎は、私を「ネズミ投げ」の相手にするけれど、なでて欲しい相手はもっぱら母だった。母の隣にちょこんと座って、なでてくれるまでニャア、ニャアと催促する。母が「よしよし、太郎はいい子だ」と、頭や背中をさすってやると、満足げに目を細める。

時々母が、太郎の小さな頭にブラシをかけてやる。すると、よほど気持ちがいいのだろう。もっともっとと、ブラシに頭をぐいぐい押しつける。

「わかった、わかった。こうかい」

頭を強く梳《す》くと、頭の皮が引っぱられて太郎がキツネのお面みたいな吊り目になる。それでも、もっともっとと押しつける。母の手がちょっとでも止まると、ニャア！

と、文句を言う。

一方、ミミは、私の膝の上で丸くなるけれど、なぜか母の膝には決して乗らない。どうやら担当が決まっているようなのだ。ミミの担当は私。太郎は母。

「きっと猫同士で、相談したんだよ。不公平にならないように、ミミが気をつかったんだろ。なにしろ、ミミは苦労人だから」

と、母は言う。

それなのに、時々母は、彼らのルールに構わず、ミミをなでる。すると、レッドカードを掲げた審判のように、たちまち太郎が飛んできて、ミミの鼻先を横切り、母とミミの間に割り込んで妨害する。そして必ず最後は、取っ組み合いの親子喧嘩《げんか》になるのだ。

私もうっかり、大事な順番を忘れてしまう。いつもは洗面所でミミをなでてから、その後で太郎に声をかけるのに、ある朝、たまたま新聞を取りに居間に入ったら、籠《かご》の中で太郎が眠っていた。無邪気な顔で、半開きの口から小さな白い歯がのぞいていた。私はたまらず近づいて、太郎をそっとなでた。

「太郎ちゃん、いい子だな」

目を覚ました太郎が、「ニャ」と言った。

「よしよし、太郎ちゃんはかわいい、かわいい」

「ニャーニャー」

私は太郎の頭や耳を掻《か》いてやり、太郎も私の手にしきりに顔を擦り付けた。

しばらくして立ち上がり、ふとソファーの上に目をやると、ミミが背中を向けて寝ていた。その背中が、なんだかよそよそしい。……まだ、ミミをなでていなかったことに気づいた。

「ミミちゃん、ミミちゃん、かわいいよ」

いつもなら、どんな小声にもピクッと耳が反応するのに、微動だにしない。

「大好きだよ、ミミちゃん」

何回声をかけても、ミミは背を向けたまま振り向かない。そばに行って背中をなでた途端、サッと私の手をくぐりぬけ、ソファーから飛び降りて行ってしまった。ミミはその日一日、私に寄ってこなかった……。

ミミも太郎も相変わらず「抱っこ」を嫌がった。抱こうとすると、四肢《しし》を突っ張って暴れ、腕から飛び降りる。母親に抱かれておっぱいを飲んでいるうちは人間に抱かれるのが嫌なのだろうと思っていたが、子猫のうちから多少無理しても抱いておけば、そんな太郎が可愛くてたまらないのだろう。母はむんずと太郎を抱きしめ「いい子て）とばかりに、ニャア、ニャア鳴く。

気を取られていると、後ろ肢で立ち上がり、母の肩に前肢を掛けて、（こっちを向い

掛けの、ぽっこりしたおなかに顔をこすりつけて甘えるようになった。母がテレビに

そんなことを半年ほど繰り返しているうちに、太郎は母の膝に身を持たせかけ、前

矢理抱きしめ「太郎ちゃーん、太郎ちゃーん」と揺する。

などと、いいように太郎の胸の内を解釈する。そして、太郎をとっつかまえて無理

ちょっと抱っこして欲しい気持ちがあるんだよ」

「本当に嫌なら、絶対そばへ来ないわよ。こうやって来るんだから、本当は太郎にも、

脱兎《だっと》のごとく逃げて行く。そのくせ、懲《こ》りずにまた母のそばに座るから、母は、

ているが、それもせいぜい十秒で、すぐに我に返り、必死にもがいて母を蹴飛《けと》ばし、

ったり、頬《ほお》ずりしたりする。太郎は何事が起こったのかという顔で、しばし茫然《ぼうぜん》とし

と、嫌がる太郎を無理やり抱きかかえ、「太郎ちゃーん、太郎ちゃーん」と、揺す

「今からでも慣れさせればいいんだよ」

しかし、母は力ずくである。

こんなに嫌がらなかったのかもしれない。

だ、いい子だ」と頰ずりしたり、ブチュブチュと音をたてて、太郎の後頭部にキスしたりする。

急に、幼い子に目が向くようになっていた。ある日、バスに乗ったら、目の前の席に小さな男の子が座っていた。白桃のような頰っぺたで、黄色い長靴の足を盛んにぶらぶらさせ、お母さんに寄りかかり、胸に頭を押しつけてイヤイヤするように甘えている。その子の仕草にみとれながら、

（うちの太郎と同じ年頃かなぁ……）

と、思う自分がいた。

地下鉄の中でも、男の子がお母さんにしきりに何か話しかけているのに目が行った。おかあさんが上の空でいると、「ねえーねえー」と、おかあさんの肩を揺する。

（うちの太郎とそっくりだ……）

猫でも人でも、幼な子のすることは同じだった。

猫の子を持ったら、人の子を見る目まで変わった。子を持つ人は、みんなこういう気持ちになるものなのだろうか……。

しかし、生後六ヵ月になると、太郎はもう幼児ではなく、少年だった。表情がキリッとして、スポーツ刈りのような短毛の毛並みは艶々《つやつや》している。背中の筋肉がコリッと締まって、ミミのむくむくした体とは、骨格そのものが違っていた。

だけど、母子いっしょなので、いつまでも「母親気分」「子ども気分」が抜けないらしい。太郎は大きくなっても籠の中のミミに抱きついていく。ミミも息子を抱きしめてやる。「ドラえもん」の手のような、丸くて白いミミの前肢が、大きくなった息子の頭をしっかりとかかえこみ、目といわず耳といわず、激しくなめる。太郎は眠たそうな顔でミミのなすがままになり、やがて一つ籠の中で眠る。ミミが、しっかりと太郎を抱きかかえたまま眠っているのを見ながら、

「こんなに大きくなったせがれを抱いて……。かわいくて仕方ないんだろうねえ」

と、どうしても避けて通ることのできない、気の重い問題が近づいていることを感じながら、母と私は、その寝姿に見入っていた。

不妊手術

避けて通れない、気の重い問題……。それは、ミミと太郎の不妊手術である。

「まずはお母さんの避妊手術を急いでください」

ボランティアのタカコさんから何度も言われていた。猫の発情期は年に数回。授乳の終わったミミは、またいつでも妊娠できる状態だ。もし、何かの拍子に外に飛び出して交尾してしまったら、また子猫が増える……。メス猫が一度に産む子猫の数は、四、五匹。これ以上、育てるつもりがないならば、やはり手術しなければならなかった。

手術の日、ミミを動物愛護協会に連れて行ったのは私だった。キャリーバッグに入れたミミに、母は、

「ミミちゃん、ごめんね。でも、もう子どもはたくさん産んだからいいよね。許してね」

と、話しかけていた。ミミはその午後、手術を受け、そのまま一泊入院することになった。ミミを預けて家に戻り、仕事場でパソコンに向かいながらも、今ごろミミは

手術台の上だと思うと、痛々しくてやりきれない。愛護協会の前まで行ってみたが、なんとなく中に入れず戻ってきた。

翌朝、愛護協会の病院が開くのを待って、ミミを迎えに行った。家に戻ってキャリーバッグを開けると、ミミは変わった様子もなく、いつものように日の当たる縁側の方にのこのこと歩いて行ったけれど、ごろんと横たわると、白いおなかの毛が剃《そ》られていて、そこに生々しい手術の傷跡が見えた。かわいそうな気がしたけれど、肩の荷が一つ降りたのも本当だった。

太郎の去勢手術も、そう遠い先のことではないとわかっていたが、私と母は、

「小さいから、まだいいよ」

「あんまり早く手術をするとかわいそうだよ」

と、先延ばしにしていた。けれど生後六ヵ月を過ぎると太郎の体も成長し、お尻を見ると、睾丸《こうがん》がぷっくりと膨らんでいた。「その時」が近づいている……。太郎にはまだはっきりした兆候はなかったけれど、夜、どこか遠くで猫がギャーッと叫んだり、太郎が網戸の前で外を気にしてそわそわしたりするたびに、私と母はドキッとして、顔を見合わせた。思春期を迎える子を持つ親とは、こういう心境なのだろうか。いつ

来るかいつ来るかと、腰を浮かせたような状態だった。

発情期が来たら、臆病な太郎も急に人が変わり、メスを求めて外へ飛び出していくかもしれない。真夜中に「ウギャー！」という叫びをあげて、どこかのオス猫と決闘し、深手を負うかもしれない。交通事故に遭うかもしれない。それきり行方不明になるオス猫も多いという。

「去勢してあげた方がいいですよ。そうすれば発情期のストレスがなくなるし、生殖器系の病気や感染症の予防になるから、かえって長生きするんですよ」

というタカコさんの言葉が、かわいそうだという気持ちをだいぶ軽くはしてくれたが、それでも母は、

「いっぺんも子どもを産まないなんて、太郎ちゃんがかわいそうだ。ああ、いっぺんくらい太郎ちゃんに子どもを産ましてやりたかった」

と、しきりに哀《かな》しんだ。太郎自身が「産む」わけじゃないが、母は太郎にわが子を持つ歓《よろこ》びを味わわせてやりたかったらしい。

私は意外だった。なぜなら、私は母の口から、子どもを産む歓びが語られるのを聞いたことがなかった。それどころか逆に母は、「めったなことで親になどなるものじゃない」という台詞《せりふ》をよく口にした。親になる責任がいかに重大か、その覚悟もなし

に、生半可な考えで親になってはいけないと戒《いまし》めたかったのだろう。

だけど、その心配はなかったのだ。私は、子ども嫌いではないが、是非にも産みたいと思ったことがなかった。世の中には「結婚しなくてもいいから、子どもが欲しい」と言う女性がいるのを見て、いつか自分の中からも、「産みたい」という衝動が荒々しく突き上げてくるのだろうかと思ったが、それもなかった。そういう自分を、きっと少し変わっているのだろうと思っていた。

「ああ、太郎ちゃんごめんね。せっかく生まれてきたんだから、太郎ちゃんにいっぺんくらい子どもを産ましてやりたかった」

諦《あきら》めきれないように何度も嘆くのを聞いた時、母が私に言ったことのない本心を見た気がした。

手術の日、今度は母が、太郎を愛護協会に連れて行った。六ヵ月前、母はここに駆け込んで子猫の保護を頼んだが、若いスタッフに施設がいっぱいだと断られ、言い合いをしたいきさつがある。

「あの時の若いコ、いるかなあ。顔を合わせにくいなあ」

と、気まずそうな様子で、キャリーバッグを下げて出かけて行ったが、言い合ったスタッフさんは不在だったらしい。太郎は獣医さんの前でキャリーバッグから出されると、母のおなかにめり込むほど頭を突き立て、ガタガタ震えていたそうだ。

「うちの太郎は、ただでさえすごく気が小さいんです。こんな子の大事なところを取っちゃって大丈夫でしょうか」

と、母が相談すると、獣医さんは、

「心配いりません。穏やかになりますよ」

と、ほほえんでいたという。母は帰ってきてから、

「臆病な子が穏やかになると、どうなっちゃうのかねえ」

と、首をかしげていた。

梅雨《つゆ》の朝、崖《がけ》の上のシダの茂みからつかみ出した時の太郎を思い出した。私の手の中で、虎模様の体をくねらせ、何か主張するようにミーミーと鳴いた。まだ目も開かず、耳もすぼんでいて、カワウソの子みたいだった。あの子が今ごろ、手術を受けている……。そう思うと、またじっとしていられなくなった。近くにいてやりたくて愛護協会のまわりをぐるぐる歩いた。愛護協会の入り口に、真っ赤な椿《つばき》が咲いていた。私はそれを一枝手折《たお》った。

「太郎ちゃん、ごめんね……」

必要なことだとわかっている。これ以上、子猫を増やすわけにはいかない。けれど、人間の都合で太郎の花を摘んでしまったような気がする。

翌日、退院してうちに戻ってきた太郎は、キャリーバッグから出ると、すごすごと二階へ上がっていった。どこに隠れたのか探すと、クローゼットの奥のロングコートの裾《すそ》にうずくまっていた。呼んでも出てこない。

「やっぱりショックだったんだよ」

「このままそっとしておいてやろう」

夕方、餌の時間に呼んでも太郎は降りてこなかった。一度も声を聞かないまま一日が過ぎた。太郎が階下に降りてきたのは翌日の夕方だった。五時、いつものように母が餌の支度を始めて、カチャカチャとホウロウ製のボウルが触れ合う音がすると、いつの間にか台所に来ていた。

「あ、太郎……」

私と母は、顔を見合わせ、黙々と餌を食べる太郎を見守った。

その翌日、太郎はいつもの太郎に戻って「ニャア！」と鳴いていた。持て余すほど長い縞々のしっぽを高々と上げて歩く。そのお尻を見ると、ぷっくりと膨らんでいた睾丸が、やや小ぶりになった気はするが、なくなったわけではなかった。

ある時、太郎が歩く後ろ姿に「あれ？」と思った。ミミはむくむくしたお尻で、股《また》をやや開いてのこのこ歩くが、太郎は小鹿《こじか》のような肢でちょこちょこと内股に歩いている。

「あれ、太郎ちゃんて、内股だっけ」

昔、ご近所のおばあさんが和服を着て、内股で歩いていた後ろ姿を思い出した。

「やっぱり、男の大事なところを取られちゃったせいかねえ」

と、母は首をかしげた。

ともあれ、もう発情期がいつ来るかいつ来るかと気にする必要はなかった。これで家族四人、落ちついて暮らしていける……。

兼田さんから、モナカ（ナナ）と小虎（次郎）の近況がメールで送られ、写真が添付されていた。ちょっと見ないうちに、モナカは娘らしくなり、小虎はミミによく似たハンサムな若者になっていた。二人とも避妊も済んでいた。体の大きな小虎が先に手術を受け、モナカは小さいからまだまだと思っていたら、それはある日突然、やって来たという。

「おとなしいモナカちゃんが、突然ものすごい声で鳴くようになってびっくりしました」

と、書いてある。きょうだいの中で一番発育が遅く、歩き方も幼かったあの子にも、思春期の嵐《あらし》がやってきたのか……。よそに行った子の近況に、いちいち目頭が熱くなる。

恵比寿の佐和子さんからは、仕事の打ち合わせで会うたびに、テンちゃん（クロ）の様子を聞いていた。テンちゃんもすでに手術を済ませ、先住猫のケトさんと、「トムとジェリー」のように追いかけっこをしているという。

「猫のおばちゃん」こと、ミドリおばちゃんの所のミュウ（しずちゃん）は、一番先に手術を済ませ、先住猫のおじいちゃんといっしょに寝ている。おじいちゃんは、相変わらずミュウにおっぱいを揉まれているそうだ。

私は、ごろりと横になったミミの体をなでながら、

「次郎もナナもクロもしずちゃんも、あれからずいぶん大きくなったよ。みんな元気で暮らしてるよ」

と、話しかけた。

猫との対話

「あら、言葉なんかしゃべらなくたって、ちゃんと伝わるよ」

母が、礼子おばちゃんと同じことを言うようになった。

礼子おばちゃんは母の二番目の妹で、イギリス人と結婚し、向こうで三十年以上暮らしている。身寄りのない猫の里親になって、これまでコーキー、ジェームス、ミューズ、ヘンリー、ジェスなどたくさんの猫と暮らしてきた。

礼子おばちゃんはかねがね「猫には人間の言うことが全部わかってるし、会話もできる」と当り前のような顔で言い、

「朝、ジェームスに、夫を起こしてきてって言ったら、まっすぐ彼の寝室に走って行ったけど、しばらくして、むくれた顔で戻ってきて、なかなか起きないって私にニャーニャー言いつけた」

とか、

「ヘンリーに、ミューズはどこ？　って聞いたら、『あっち』って、片耳で外を指し

た」

などと、ふつうのことのように話すので、初めはクスクス笑って聞くけれど、そのうちちょっと心配になったりする。母はよく、

「まったくどうかしてるよ。どうして礼子は真顔であういうことを言うんだろう」

と、呆《あき》れていた。

その母が今では、

「そろそろご飯にしようね。ゴ・ハ・ン」「ニャア！」「はいはい太郎。待っててね」「ニャア、ニャア」「わかったわかった、今すぐ、あげるよ」

などと猫としゃべっている。

私も以前、知り合いの猫好きの奥様が、

「うちのニャンちゃんは、私の言うことがちゃんとわかるおりこうちゃんなんでちゅ」

と、飴玉《あめだま》でもしゃぶるような口ぶりで話すのを聞いて、愛するあまりとはいえ、猫好きというのはどうしてこう周りが見えなくなるのだろうと怪しんでいた。

ところがミミと太郎と暮らすうちに、私にも少しずつ、猫の言葉がわかるようになってきた。たとえば、同じ「ニャーン」でも、気分のいい時、怒っている時、かまっ

て欲しい時、戸を開けて欲しい時、どこにいるの？　と呼んでいる時など、微妙に抑揚やニュアンスが違う。そして、その要求の度合いに比例してだんだん声が長く強くなる。私たちがそれを無視したり、わかろうとしなかったりすると、だんだんいら立ってきて、「ニャ――――――ッ！」と、怒鳴る。

機嫌のいい時に名前を呼ぶと、ミミは「ヒャン」と短く返事をし、目の前を通り過ぎる時には、「ヒャ」と軽く一声かけて行く。甘えたい時には、体をすり付けながら、「ヒャ〜ン」と、ささやいて目を細めるが、気乗りのしない時に名前を呼ぶと、うるさそうにそっぽを向く。それでもかまわずしつこく呼ぶと、振り向きざま、「ニャーアッ！」と、ヒステリックに叫ぶ。

鳴き声以上にわかりやすいのがしっぽだった。太郎が長いしっぽをピンと立てて近づいてくる時は、意気揚々としているし、障子を破って母に叱《しか》られた時には、しっぽがしょんぼりと垂れている。

外をながめてリラックスしている時には、ルンルンと鼻歌でも歌うようにしっぽがのんびり左右に揺れているし、庭にいるトカゲを注視している時などは、しっぽの先が用心深く上下に動いている。そんな時に後ろから「太郎ちゃん！」と声をかけると、返事の代わりに、しっぽを大きくサッと振る。「今忙しいから後で」である。イライラすると、床をしっぽでバタバタ叩《たた》くし、興奮したり怖い時には、毛がボワッと逆立って膨らむ。

しっぽは、私たちの手と同じだった。ミミは甘えたい時、体を何度もすり付けて、しっぽを私の腕にからませるし、そばを通る時、挨拶《あいさつ》代わりに、しっぽでポンと私の肩を叩いて行ったりする。太郎も母にかまって欲しい時、テレビを見ている母の目の前をわざと横切って、長いしっぽの先で母の鼻の下をスルーッとなでる。

彼らはこんなに表情たっぷりに語っているのに、どうして今まで「猫と話せるわけがない」と思っていたんだろう……。

うちの美少年

太郎は美少年である。

虎《とら》の縞模様がくっきりして、両前肢《まえあし》をそろえて座ると左右の縞がぴたりと重なる。その足下《あしもと》に、長すぎる縞々のしっぽをくるんと巻きつけると、まるで貴婦人が手にマフを巻いたように、優雅に見える。イタチのように胴長の背中にはヌメーッとした光沢があり、毛の手触りはすべすべとなめらかだ。灰色がかったブルーの目にはまだ子どもらしい甘さがあって、額に「M」という模様がある。

「このMは、森下のMだね」

と、母はうれしそうだ。

体は立派になったが、太郎は相変わらずで、いつもおっかなびっくりしている。外で物音がするとビクッとして目を吊り上げ、耳をアンテナのようにピクピク動かしながら、低く身構えて窓の方に近づいていくが、庭を野良猫が横切ったりすると、たちまちへっぴり腰になって、ミミの後ろに隠れる。

女所帯でお客も女ばかりなせいか、男性を怖がり、「宅配便でーす」と声がすると二階へすっ飛んで逃げて行く。

外で暮らしている弟がたまにやってくると、大男でドカドカと歩くうえに、「猫アレルギー」で、所かまわず大きなくしゃみを連発する。太郎にとっては怪獣である。弟がいる間は、絶対に姿を見せない。弟が帰ってから、

「太郎ちゃーん、もう帰ったから大丈夫だよー」

と、二階へ呼びに行くが、どこにいるのか姿が見えない。クローゼットの中にもいない。ふとカーテンの裾がこんもりと膨らんでいるのに気づいた。布越しにそっと手を当ててみると、ほっこりと温かいものがプルプル震えていた。

「おまえ……そんなに怖がりでどうするの」

と、呆れながらも、そんな太郎がいじらしい。

太郎が強さを見せるのは、虫を見つけた時である。網戸にハエが止まっていたりすると、猛然とジャンプして飛びかかる。小さな蚊も見逃さず、とことん追いかけて捕まえる。太郎は、強いものに弱く、弱いものに強い性質《たち》なのである。

ある日、ダイソン社製の掃除機がわが家に届いた。絨毯《じゅうたん》に食い込んだ猫の毛を、これで一気に吸い込もうと通販で買ったのだ。段ボール箱の中から出て来たダイソンは「マジンガーZ」のようにいかつかった。ミミと太郎は警戒して体を大きく膨らませ、

しっぽをUの字にして低く揺らしながら、遠巻きにダイソンに近づいてきた。私は本体に長いノズルとヘッドを装着し、コンセントを差し込み、そして、スイッチを入れた。

「ブィ――――――ン！」

航空機のエンジンのような音がうなりをあげたと思ったら、猫たちの体に電流が走ったように毛が逆立った。ミミは「ハーッ！」と威嚇《いかく》してダイソンにパンチを繰り出し、太郎はすっ飛んでいなくなった。

一階の絨毯の猫の毛を吸って、さて二階の仕事場にも掃除機をかけようと、ダイソンを抱えて階段を上がって行くと、階段の上で、太郎が恐怖に目を吊り上げ、体を三倍くらいに膨らませ、右へ左へおろおろしていた。

ダイソンを抱えた私が、じわり、じわりと階段を上がって近づいてくる。逃げ場はない。追いつめられた太郎は、次の瞬間、階段の上から弾丸のように飛んできて、私の胸にドンと体当たりし、跳ね返って壁にぶつかり、階段をころげ落ちるようにドドドド！　と駆け降りて行った。

二階の掃除も終わり、ダイソンを物置にしまってパタンと戸を閉めてから、

「太郎ちゃん、終わったよー」

と声をかけた。太郎は、一階の縁側の隅っこで、カーテンの裾に頭だけ突っ込んでプルプル震えていた。

それ以来、ダイソンは太郎の天敵になった。

掃除機のはいっている物置の観音開きの戸が、パコッと開いた音だけで、振り返るともう太郎はいない。「ブィ――――ン！」という音が鳴っている間は姿が見えないが、音がやんで、物置の戸がパタンと閉まった音がすると、どこからか出てくる。

「こんなに気が小さくて、これから先、やっていけるのかねえ」

と、母は太郎の将来を案ずる。私はこう答える。

「いいんだよ、太郎はこのままで。なにも働かなきゃいけないわけでもないし」

「そりゃそうだけどさ、こんなにびくびくするのは、やっぱり大事なところを取っちゃったせいじゃないかね」

「それは関係ないよ。太郎は小さい時からこうだったもの。生まれつきの性格だよ」

「男なんだし、厳しく鍛えた方がいいんじゃないかね」

「ダメだよ。こんな子を下手にビシビシ鍛えたりしたら、余計いじけてどうなっちゃうかわからないよ。それに、変えようとしても変わらないよ。これが太郎なんだから」

「いいのかねえ〜、このまま甘やかしてて」

「いいんだよ。どんなに甘やかしたって、大麻や覚せい剤はやらないもの」

「……まあ、そうだね。大麻や覚せい剤はやらないね」

第五章

小窓の外

ミミの脱走

ミミは子育て中に一度、子猫をくわえて、お隣りの佐々木さんの物置の前まで行ったことがあったけれど、母に追いつかれて説教され、それきり家出することはなかった。しかし、子どもたちが次々に離れていき、太郎も大きくなってからというもの、時々、洗濯機の上にちょこんと乗って、小窓から外をながめ、

「ミャ———ッ、ミャ———ッ」

と、鳴くようになった。そんなミミを見て、母は、

「なんだか、外に出たいようーって、言ってる気がする。ミミは『外の人』だったからねえ。外に、親きょうだいがいるのか、それとも前に産んだ子どもでもいるのかねえ」

と、言った。ボランティアのタカコさんからは、

「交通事故や感染症の危険がありますから、外に出さないでください」

と、忠告されている。玄関のドアを開けた時、すぐそばにミミがいて、あやうく外へ出そうになったことがあるので気をつけてはいた。

けれど、ミミはとうとう脱走した。秋の終わりの午後だった。

遊びにきた幼なじみのナオミを見送っている時だった。ぽかぽかと温かい小春日和《こはるびより》で、ドアを開けると、空が真っ青で高かった。私は後ろ手にドアを細く開けたまま、ナオミと立ち話をしていた。すると、ナオミが急に私の足元に目をやった。

「ミミちゃんが、出てる！」

「……あっ！」

とっさにかがんで捕まえようとしたが、ミミは私の手をすり抜けた。スローモーションのように感じた。ミミは赤く色づいたドウダンツツジの枝をくぐって佐々木さんの敷地に駆け込み、つわぶきの花の間を駆け抜けた。佐々木さんの玄関前の玉砂利《じゃり》を突っ切って行く。

「行っちゃダメ！」

その先は高いブロック塀に突き当たり、塀の向こうにはアパートが二棟建っている。ミミはブロック塀にひらりと飛び乗り、向こう側に飛び降りて行った。

私が塀の向こうへ行くには、門を出て道路沿いに行くしかない。

「ミミが出て行っちゃった！」

駆け戻って大声で母に知らせ、私は門の外に飛び出した。しかし、アパートのまわりは柵《さく》がめぐらしてあって居住者しか入れない造りになっていた。道路から呼ぶことしかできない。二棟のアパートのまわりは雑草に覆《おお》われていた。銀色に輝くススキの間に、ミミの背中がチラッと見えた。

「ミミー！　ミミちゃーん！」

ミミは振り返らなかった。用心深く腰を沈め、しっぽを低く揺らしながら、ずんずんと草に分け入って行く。それは、居間でおなかを見せ、ごろごろと身をくねらせて甘えるミミとはまるで違う野生の姿だった……。

「ミミ、戻っておいで！」

しばらくは、背中が見えていたが、やがて姿が見えなくなってしまった。

家に戻って、見失ったと言うと、母は、

「やっぱり、外に出たかったんだ……」

と、こういう日が来ることがわかっていたかのように言って溜《た》め息《いき》をついた。私はうかつにドアを開けていたことを悔やんでも悔やみきれなかった。が、それと同時に、こちらを振り返ることなく茂みに分け入って行ったミミの、あの腰を沈めた後ろ姿が目に焼きついていた。家猫でいれば、飢える心配もないし、無防備でいられる。なのに、ミミは出て行った……。外の危険から守り、しあわせにしている気でいたが、これも人間の一方的な思い込みだったのだろうか……。

太郎が網戸の前をせわしなく行ったり来たりしていた。外の世界を全く知らない太郎は、外へ出ようとしない。以前、縁側の網戸が外れて、バタン！　と外に倒れたことがあったが、太郎は縁側から外に飛び出すどころか、すくんで動けなかった。ミミがいなくなって不安なのだろう。行ったり来たりしながら、異様な声で鳴いていた。

ミミが私の手をすり抜けた瞬間のあっけなさが繰り返し思い出された。人生はいつだってそうだった。一瞬にして、歌舞伎《かぶき》の戸板返しのようにガラリと様相が変わってしまう。そのことを、またしても嚙《か》みしめる。

そういえば、何年か前、近所にパトカーが止まっていたことがあった。野良猫が殺されていたらしいと、噂《うわさ》に聞いた。そんな不吉なことを思い出し、胸騒ぎを覚えた。駐車場やゴミ置き場を見て歩き、アパートの前で呼び、路地や階段、空家のまわりを探し歩いた。やがて、空が燃えるように染まった。車の下をのぞき、路肩のオシロイバナをかき分けながら、ミミを呼んだ。しだいにあたりが闇《やみ》に沈んで、手元も見えなくなった。

坂道を戻ってくると、わが家の窓に明かりが灯《とも》っている。その温かな明かりが、かえってせつない。砂袋を投げ出すように、ドサッと居間に腰をおろした。

母は肩を落とし、十歳も老《ふ》けた顔になっていた。

「ミミはもう帰ってこないね。もともと『外の人』だったんだし、子どもも大きくなったから」

と、自分に言い聞かせるようにつぶやきながら、いつも二つ用意するホウロウ製のボウルに、太郎の分だけ餌《えさ》を入れて出したが、太郎も今日は食欲がなかった。

夕方のニュース番組が始まった。この時刻、私がここに座ると、いつもミミがコツンとおでこを押しつけ、それから頭を床につけてごろりと横になった。……あれは人と暮らすための仮の姿で、外で生きるのが猫本来の姿だったとしても、この世には、やっぱり残酷な現実がある。どこかでミミが傷ついて草の陰で苦しんでいたとしても、私には見つけ出すことができないのだ。私は小さなおでこをギューッと押しつけて来た、あの子を守りたい。ミミは今ごろ、どこを歩いているのだろう……。

どんよりとした虚《うつ》ろな気持ちで、暗い庭に目をやった。

「……」

その時、曇りガラスの向こうを白い影がスーッと通った気がした。縁側に飛んで行き、庭園灯をつけて「ミミ？」と呼んだが、庭先の笹《ささ》が、サワサワと風に鳴るばかりだ。

気のせいだった……。

居間に戻ってしばらくすると、また庭を白い影が横切った。急いで窓を開けてみた。庭の隅っこにちょこんと、ミミがいた。

帰ってきた！　ミミがうちに帰ってきた！　一気にうれしさが噴きあげた。

「おいで！　ほらほら、入っておいで！」

ところが、私が庭に降りて抱えようとすると、ミミはスルリと身をかわして、また佐々木さんの敷地に駆け込んだ。遠くへは行かず、チラチラと見えるあたりにいて、またうちの庭に戻ってくるが、呼ぶと逃げていく……。そのうち、どういうつもりか、庭の真ん中で、こちらに背を向けちょこんと座った。そこからは街の景色が見渡せる。ミミはしみじみと夜景をながめているような風情《ふぜい》を背中にただよわせ、「おいで」と呼んでも決して振り向かない。

「どうしてだろう。戻ってきたのに、呼んでも入らない」

「呼ぶからかえって入りにくいのかもしれないよ」

私と母は居間に引っ込んで、「太郎ちゃん、よしよしかわいいな」「太郎ちゃんは、いい子だな」と、二人して妙に大声で太郎をかまったりした。
縁側のカーテンの陰から庭をうかがうと、ミミはまだ庭の真ん中に座っているが、声がかからなくなって気になるのか、肩越しに、ちらっ、ちらっと家の方を振り返る。だけど、呼べばやっぱり逃げていく。仕方なく、しばらく放っておくことにした。

……夜になり、しだいに気温も下がってきた頃、掃きだし窓を開けてみた。ミミの姿が見えない。暗闇に向かって小さい声で呼んだ。

「ミミ、いるの？」

窓のすぐそばで「ヒャ〜ン」と、心細げな声がした。私は窓を開けたままにして、居間に引っ込んだ。

間もなく、縁側でコトンと音がしてカーテンが揺れた。「来た来た……」母と気づかぬふりをしていると、冷たい夜気といっしょに、うっすらと土色に汚れたミミが、のこのこと居間に入ってきた。私は、もう逃がすまいと急いで縁側の窓を閉め、鍵《かぎ》をかけた。

「ミミ、おかえり！」

その途端、居間の照明が明るくなった。

ミミといっしょに日常が戻ってきた。戻ってみればどうということのない、ありきたりの日常だ。けれど、自分がどれほどの安らぎの上に何気なく座っていたかを知るのは、いつもそれが失われた時なのだ。

ミミは外の世界の匂《にお》いをたっぷりとつけて帰ってきたらしい。太郎が「シャーッ！」と全身の毛を逆立てた。

「ねえ、太郎、外をほっつき歩いて、おかあさんは不良だねえ」

と、母がうきうきした様子で笑った。

それからも、ミミは私たちの隙《すき》を狙《ねら》って、幾度か家出した。外にいた猫は、やはり風の匂いや土の感触を求めずにはいられないのかもしれない……。ミミが脱走するたび、母と私は「今度こそ、帰ってこないかもしれない」と思った。

いろんな猫と付き合ってきた倉ちゃんによれば、「フーテンの寅《とら》さん」のようにふらっと旅に出てはいつも戻ってきていた野良猫が、ある時を境に、ぱったり帰ってこなくなって、それきりになったことがあるという。どこへ行ったのかと心配しながらも、倉ちゃんは、

「きっと、もっといいところに行ったんだ。どこかで元気にしているさ」

と、思うようにしたと言っていた。猫はそんなふうに人に思わせて、姿を消すらし

い。

ミミが家出するたび、「今回が、その時ではないか」と、小さな覚悟をした。そんな私たちの心配をよそに、ミミは何時間かすると庭先に戻ってきたが、いつも素直には家に入らなかった。思わせぶりに目の前をうろうろする。敷居に前肢を掛けたから、やっと入って来るかと喜ぶと、急に気が変わったように庭に戻る。そして、ごろんごろんと寝転がる。タカコさんから「地面の細菌から感染する病気がある」と聞いているのに、私たちの目の前で、これ見よがしに背中を土にすり付けて見せる。

その日も、やっと夕方、帰ってきたのにさんざん気を持たせて家に入らず、そのうち、私の目を見ながら、ごろんごろんと庭土にまみれた。急にミミが憎らしくなった。

「わかった。もう帰ってこなくていい！」

一瞬、本気でそう思った。ぴしゃりと窓を閉め、カーテンも閉じた。

夕刊を取りに行こうと玄関を出ると、庭から急いで走ってきたらしい。ミミはもう、コンクリートの階段の脇《わき》にちょこんと座っていた。私がすぐに声をかけると思っているのだろう。

あんまり見くびるんじゃないよ……。

私は門の脇の郵便受けから引き抜いた夕刊を小脇にはさんで階段を下り、ミミの鼻先を素通りして玄関に入ると、音をたててドアを閉めた。

閉まる寸前、パッとこちらを見上げたミミの、慌《あわ》てふためいた顔が見えた。

思い知らせてやったと、胸がスッとし、同時に、悲しくなった。

家のない猫を締め出すなんて、ひどいことをした……。

「ヒャーン、ヒャーン……」

外でミミが鳴きながら、カリカリとドアの下を引っかいた。その一部始終を見ていた太郎も、玄関のたたきに駆け降りて、ニャアニャアと叫びながら、内側からドアを引っかいた。内と外から、親子で呼び合っている。

ドアを細く開けてやると、ミミはしょんぼりとしっぽをたらし、足音をたてずに入ってきた。その夜、ミミは、私や母と目を合わせなかった。

深夜、私がひとりで洗面所に立っていると、ふくらはぎに柔らかいものがさわった。ミミは声も出さずに、何度も何度も、私の脚に体をすり付けた。思わずしゃがんで、喉《のど》をなでた。

「ミミ、さっきはごめんね……」

ミミは洗面所の床にごろんと寝転んで、なでられながらじーっと宙を見ていた。

父親たち

その後もミミは毎朝、洗濯機の前で、小窓を見上げて鳴いた。小窓を開けてやると、ひらりと洗濯機の蓋《ふた》の上に飛び乗り、外を見ている。そこからは佐々木さんの玄関のあたりが見え、その先のブロック塀越しに、二棟のアパートの屋根が見える。

アパートの前の駐車場とゴミの集積所は、野良猫の溜まり場だった。ミミは家出すると、いつも佐々木さんの敷地を突っ切り、ブロック塀を乗り越えて、アパートの敷地の草むらに入って行く。たぶん、そのあたりで暮らしていたのだろう。

ある時、坂道を歩いていたら、どこかで、

「ナァ〜オ！」

と、ダミ声がした。あたりを見まわすと、アパートの駐車場で箱座りした野良猫が、不敵な顔でこっちを見上げて、また「ナァ〜オ」と言った。野良猫から呼び止められたのは初めてだった。真っ黒と真っ白のツートンカラー。そのやけにくっきりとしたコントラストに見覚えがあった。

（あ、クロに似てる！）

この界隈《かいわい》で、他にこういうコントラストの野良猫を見かけたことがないから、まず間違いはない……。

うちのまわりで、「父親」らしき人たちの姿に気づくようになった。

坂の上の空き家から、のっそりのっそりと大きな野良猫が歩いてきた。皮膚病で、羊みたいにモワモワした毛を背負っている。ホルスタイン模様で、なんと、顔に斑点《はんてん》がある。

「あっ、おまえか！」

私は思わず噴き出してしまった。しずちゃんとナナにそっくりだった。

ボランティアの人たちが近所の野良猫をいっせいに捕獲して、保護してくれたと聞いたのは、その少し後だった。野良猫を見かけなくなり、アパートの駐車場にいた黒白も、顔に斑点のあるホルスタイン模様もいなくなった。

ある日、床屋の須賀さんに道でばったり会った。

「みんな保護したんだけど、一匹だけどうしても捕まらないのがいるのよ。キジトラのおっきなオス」

そう聞いて、すぐにピンときた。うちで「太郎のとうちゃん」というあだ名で呼んでいる野良猫のことだ。そのキジトラは、顔も体も態度もデカく、牢名主《ろうなぬし》のような風《ふう》貌《ぼう》で、時々、うちの駐車場でのうのうと寝ていた。サチコも何度かその猫を見かけ、

「あれが太郎のおとうさんだね」

と、笑っていた。須賀さんは、

「あのオスだけは絶対捕まらないのよ。ものすごく頭がよくて、跳んで逃げるの」

と言った。

そんなある晩、母の横に座っていた太郎が、突然、レーダーで何かをキャッチしたように、耳をぴくぴくと動かし始めた。ミミも外の気配に耳を澄ましている。

「……」

私と母には、何も聞こえない。ミミと太郎は腰を低くして、庭に面した縁側の網戸に近寄って行った。二人とも、しっぽの毛が立って、いつもの三倍も太くなっている。見ると、なんと網戸のすぐ向こうに、鼻をくっつけるようにして、ミミの三倍もありそうな大きな顔の猫がいた。あの「太郎のとうちゃん」だった。

庭を野良猫が横切ると、ミミはいつも網戸に飛びかかり、「フーッ！」とすさまじい勢いで威嚇するのに、その夜のミミと太郎は、しっぽを膨らませながらも、網戸の向こうの「とうちゃん」を黙って見ていた。「とうちゃん」も網戸越しに、家の中の

ミミと太郎を見ていたが、私に気づくとくるりと踵《きびす》を返して、庭先の土手の下にガサガサと降りて行った。

「とうちゃん」は、その後、もう一度、庭にやってきてミミと太郎を見ていたが、最近は姿を見せない。まだ保護されてはいないと聞く。


ミミがまた家出した。佐々木さんのドウダンツツジの枝をくぐり、玉砂利を駆け抜け、ブロック塀に飛び乗って、アパートの方に降りて行ったが、今回はなぜか、三十分ほどで戻ってきた。母は帰ってきたミミに、

「お友だちに会いに行っても誰もいなかったでしょ。もうあそこには、誰もいないんだよ」

と、言いきかせた。

それでも、ミミは、洗濯機の蓋の上にうずくまり、小窓からアパートの方をながめている。

母の進化

ミミはいつからか、私の部屋の引き戸を手で開けるようになった。戸のわずかな隙間に爪《つめ》を掛けて開け、「ヒャン」と一声かけて、当たり前のように入ってくる。

けれど、わが家には天然木の重い引き戸やドアもあって、それはミミも太郎も開けることができない。だから、トイレや居間、キッチンの戸をいつも少しだけ開けておいたが、冬は廊下の冷たい空気が部屋に入ってくる……。

その冬、わが家は耐震補強の工事をしたので、ついでに施工《せこう》会社の人にお願いして、トイレや居間の扉に、「猫ドア」を作ってもらった。扉の下に、単行本くらいのサイズの穴を開け、そこに四角い板を一枚、蝶番《ちようつがい》でぶら下げたものだ。猫が頭で押すと、板が向こう側に開き、穴を通り抜けるとパタンと閉まる。ミミも太郎もしっぽが長いので、体がドアを通り抜けた後、板の隙間に挟まったしっぽが名残り惜しそうにするする―と抜けて、西部劇の酒場の扉のように板がプラプラ揺れる。

施工会社のナガシマさんは動物好きで、そのころ、ご自宅にハムスターとミドリガメを飼っていた。男の人が苦手で、いつもサッと姿をくらます太郎が、不思議なことに、ナガシマさんのそばから離れなかった。ナガシマさんが脱いだ背広のそばで、丸くなって眠り、なでられると眠そうな目を薄くあけ、また眠った……。

ナガシマさんは、

「ミドリガメも、ちゃんと人の心を読みますよ。バタバタ床を叩いて人を呼ぶし、いっしょに風呂《ふろ》に入って洗ってやると、バシャバシャ喜びます。長くいっしょにいますから、ミドリガメの喜怒哀楽がわかります」

と、笑っていた。

そんな話を聞いたある晩、私はいつものように門の鍵を閉めに行って、引き戸の手前で飛びのいた。足元に茶褐色のガマガエルがいた。

私は子どものころからガマガエルが嫌いだった。皮肉なことに、うちのまわりはガマガエルにとって住みやすい環境らしく、雨上がりなどはあちこちからのこのこ這《は》い出てくる。特に、門と玄関まわり、コンクリートの階段のあたりは多発地帯だった。

私は階段でガマガエルと鉢合わせし、後ろ向きに階段を飛び降りて怪我《けが》しそうになったり、庭に置きっぱなしになっていたスリッパの中にガマガエルが入っているのを知らずにはいたりした。どうも指先がスリッパの奥まで入らない。何が詰まっているのだろうと不審に思ってスリッパを脱いだら、中からガマガエルが慌てて出て来て、この時は、あやうく気絶しそうになった。最近は昔ほどは見かけなくなったが、それでも年に二、三度、こうして門のあたりで出くわす。

ギョッとした。しかし、改めて見ると、そのガマガエルは妙なポーズをしていた。わが家の門は和風の引き戸で、横桟《よこざん》が等間隔にはまっている。ガマガエルは腕組みして後ろ肢で立ち、戸の一番下の横桟に、寄りかかっていた。なんだか、門の外をながめて物思いにふけっているように見えた……と、母に話すと、

「あら、ミミちゃんは小窓から外をながめて、いつも考え事をしてるわよ。ミドリガメにも喜怒哀楽があるっていうし、ガマガエルだって物思いにふけるんじゃないの？」

と、事もなげに言った。以前は「猫と会話できる」と言う礼子おばちゃんを「どうして真顔で、ああいう妙なことを言うんだろう」と呆《あき》れ顔で見ていた母が「進化」していた。

「金魚だって懐《なつ》くのよ」

と、母は言う。玄関先の染付けの大火鉢に、母は金魚を飼っている。赤い小さな「和金」である。

「私が玄関を出て火鉢をのぞくと、ちゃんと見ていて、わーっと水面に寄ってきて、

餌を頂戴《ちょうだい》って騒ぐのよ。かわいいもんよ」

「……」

私は前を通りすぎるだけで、火鉢の中を見もしなかった……。

ある日、母が玄関先で、火鉢の中の金魚に餌をやるのを見た。母が玄関を出ると、本当に火鉢の中がピシャピシャ騒ぎたった。金魚たちが水面からいっせいに口を出して、母が餌をくれるのを待っていた。

私も火鉢の中をのぞいた。金魚たちはいったん水面に口を出したが、スーッと水の中に消えていった。

驚いた……。金魚は、誰が餌をくれるのか、誰がかわいがってくれるのか見分けている。彼らは水の中から、ちゃんとこっちを観察していたのだ。

雪の降る日

二月になって、みぞれまじりの雪が降った。

ストーブを焚《た》いている居間の窓が、まっ白く曇っている。曇った窓を手でなぞると、冷たい水滴が、涙のようにだらだらと流れ落ちて、透き通った氷のようなガラス窓の向こうに、シャーベットのような白いものが積もって見える。

今朝も、ミミは洗濯機の前で小窓を見てニャーンと鳴いた。

「駄目、今日は雪だから」

何度言っても、鳴いて催促するので、仕方なく開けてやると、あまりの寒さに驚いたのだろう。ミミはたちまち居間に戻り、ストーブの前にうずくまった。

猫は本当に寒さが苦手だ。

セーターを編んでいる母の膝《ひざ》かけ毛布の裾《すそ》がこんもりと膨らんでいた。母が、編み棒の手を止め、そっと毛布をめくると、太郎がもぐりこんで眠っている。可愛い寝顔を見て、

「よかったねえ。ミミも太郎も、温かい部屋で過ごせて」

母がぽそっとつぶやいた。

「うん……」

私はみぞれで白くなった窓の外に目をやった。

つい先日、近くの電柱にまた新しい「迷い猫」の張り紙がされた。

「栄養失調と寒さで、母子共に危険な状況です。人目を避けて出産し、子猫を育てているかもしれません。まだ生後七ヵ月です。初めての出産で命の危険が伴います。母猫に子育ての経験がないため、子猫の命も危ぶまれます。どんな情報でもお知らせください」

妊娠中の猫が失踪《しっそう》したのだ。

生まれた子猫は生きているだろうか。

張り紙の猫だけではない。歩道橋の下で黒い猫を見た。高校のそばのブロック塀の上に片目の三毛猫がいた。駅の向こうで、子猫が生ゴミをあさっていた……。

ミミたちと暮らすようになってから、冷え込む夜ふけなどに、そういう猫たちのことが心にかかるようになった。こんなに寒さの苦手な生きものが、冬の痛いほどの寒さの中で、どうやって生きているのだろう。

暖房のある家の中で、食事や体調に気づかってもらえる猫たちは、二十年生きることも珍しくないが、野良猫の平均寿命はたった三年という。栄養不良と病気で、苦しみ多い短い生涯を終えていく。猫社会の壮絶な格差が、そのまま寿命の格差になっている。

ミミはどういう時か、こちらをじーっと凝視していることがある。いったい、いつから見つめていたのかと、その視線にぎくりとしたことが何度もある。……そんなミミの目を見て、母がある時、ぽつりと言った。

「『この人も、いつか自分たちを捨てるのかなぁ』って思っているのかもしれないよ」

母は時々、ずばりと核心をつく。

捨て猫だったのか、迷い猫だったのか、ミミは外の過酷さを知っている。だから、時々、家出しても、やっぱり安全で餌のある場所に戻ってくるのだろう。特に、こんな極寒の季節は、ストーブの前に寝そべって、この家に来てよかったと思っているのかもしれない。

そんな時、不意に、この人たちもいつか自分たちを捨てるのだろうかと不安になって、人の心の底を見通すような目をするのかもしれない。

今日も外では、弱く小さな命の上を過酷な季節が過ぎていく。

そのすべての野良猫を救うことはできないが、せめて家族になった猫を、心から安心させてあげたい。

「ミミ、大丈夫だよ。絶対おまえと太郎を捨てたりしないからね」

ふわふわした毛をなでると、ミミはごろんと横になった。

しあわせの場所

居間でテレビを見ていたら、卓袱台《ちゃぶだい》の下の私の脚に温かいものが寄りかかった……。のぞかなくても誰だかわかる。ミミはアンゴラウサギのような毛がむくむく密生して、ふっくらと柔らかい。太郎はスポーツ刈りのような短毛で、若い筋肉にピンとした張りがある。

「太郎ちゃん……」

返事をしない男の子の肩甲骨《けんこうこつ》が、小刻みにせっせと動いている。彼は今、壁の代わりに私の脚に寄りかかって、一心不乱に腹の毛をなめているのだ。その小さな背中から、男の子の体温がじんわりと広がって、私はこそばゆい歓《よろこ》びに唇をかみしめた。

太郎ちゃんが寄りかかってくれるなら、私はずっと壁でいたい。だから、いつまでもこのまま寄りかかっていて……。

あまりの心地よさに、体にどうにも力が入らない。

わが家ではこういう時、そばにいる人に用を頼んでもいいことになった。

「悪いけど、お茶入れてくれる？　今、動けないの」

母はちらっと卓袱台の下をのぞいて、

「はいはい、わかった」

と、笑いながらお茶を入れに行く。

そんな時、ありふれた日常がたまらなく贅沢《ぜいたく》に思える。

ある日、取材に出かけた旅先から母に電話した。

「ミミと太郎はどうしてる？」

「ミミが今朝、階段の下からお前の仕事場を見上げて、それから私の足元に来てね、何か訴えるみたいに鳴いたんだよ。お前が、ゆうべ帰ってこなかったのを心配してる気がした」

そんなことを聞くと、不覚にも目頭が熱くなり、早く家に帰りたくて矢も楯《たて》もたまらなくなった。駅に着くと、私は家まで走って帰った。

出会いとはなんだろう。たまたま、わが家の植え込みで出産した野良猫だった。面倒なことになったと思い、早くよそへ行って欲しいと願いさえした。それなのに、その野良猫が今、私の帰りを待っていて、私は、その猫に早く会いたくて走っている。

玄関を開けると、もうミミが廊下をまっすぐ走ってきた。

「ミミ、ただいまー」

「ヒャ〜ン」

ミミはしきりに私の脚に体をすり付け、その場にころんと横になった。私は荷物を放り出して、ミミのそばにしゃがみ込み、もふもふとしたおなかをなでた。

「おかえりー。今、玄関の鍵の音がしたと思ったら、寝てたミミがソファーから飛び下りて走って行ったよ」

と、母が言う。思わず胸が熱くなる。毛まみれになるのもかまわず、まっ白い毛に顔をうずめた。ほかほかと温かく、ほのかに甘い匂いがする。

「ミミちゃん、ミミちゃん」

ただただ名前を呼ばずにいられない。

そばで、僕もと催促するように「ニャア」と声がする。

「太郎ちゃん、よしよし」

そのなめらかな背中を、むさぼるようになでさする。「かわいいかわいい」と、口から言葉が湧《わ》いて出る。言っても言っても足りないのだ。

まっしぐらになれなかった私はどこへ行ったのだろう。情がうつるのが怖いからと、名前に思いを込めることすらためらった私はどこへ行ったのだろう。

猫の人生は早く、私たちを追い越して行く。それがわかっていながらも、やっぱり愛してしまう。いつか、別れの日が来て、こみあげる涙で目の前が見えなくなるとしても、埋められない心の穴を冷たい風が吹き抜けるとしても……それでも、愛さずにいられないのだ。

いつかこの子たちを思って私は泣くだろう。胸の痛みは消えないかもしれない。だけど、その悲しみは不幸ではない。私の腕に押しあてられたミミの額の感触や、言葉を持たぬ生きものと心が通じ合う歓びと共に、永く永く、愛の痛みが残るのだ。

仰向《あおむ》けにごろりと寝ころんだ。見慣れたわが家の天井が目の前に広がった。大の字になって、横を見ると、私の脇に、ミミと太郎もいっしょに寝ころんでいる。そんな私たちを見て、ソファに座った母がにこにこしていた。父が生きていたころと同じ、母の柔らかな笑顔だ……。

不意に、切ないような、惜しいような、泣きたくなるような感情がやってきた。しあわせだ……。

第六章

いっしょにいるだけで

乳母車

月日が流れ、また梅雨《つゆ》が巡ってきた。門の横の植え込みに紫陽花《あじさい》が咲くと、母と私は、あの日のことを思い出した。里親さんたちとも、猫を通じて「親戚《しんせき》」のような関係が続いていて、「今日で満一歳ですね」とか「元気で大きくなりました」と、写真やメールを送ってくれる。

兼田さんが添付してくれた写真を開くと、そこにしゃんと正座したミミが映っている。あれ？　と思った。……それは男らしく成長した次郎（小虎《ことら》）だった。次郎は小さいころから、きょうだいの中で一番母親似だったが、おとなになるとミミと見間違えるほどだった。きりっとした切れ長の目で、左腕にはあの腕章のような縞《しま》がある。

「うちの太郎もいい男だけど、やっぱり次郎は男前だねえ！　白洲《しらす》次郎だよ」

と、母はご満悦だ。

次郎の手前には、ナナ（モナカ）がしなやかに横たわっている。崖《がけ》から最後に拾い上げた時、濡《ぬ》れてぐったりしていた。小さく、いたいけだったあの子が、優しい目をしたいい女になっていた。雪のように白い毛がふわふわして、きっと手触りはミミのように柔らかいのだろう。ナナのピンクの鼻に、ハムスターのようだった子ども時代の面影が残っている。うちに「お見合い」に来てくれた日、ナナを見染めて「この子、ピンクの鼻を私に押しつけてくる」と言った娘さんは、「モナちゃん、モナちゃん」と、かわいがってくれているそうだ。ナナもその娘さんが大好きで、いつもそばにくっついているという。

「しあわせそうだね」

「うん、よかった。かわいがられているから、こんなにきれいになったんだよ」

他所《よそ》で成長した二人の写真をながめながら、胸がいっぱいになる。

恵比寿の佐和子さんからも、先住猫のケトさんを枕《まくら》にして寝ているクロ（テンちゃん）の写真が送られてきた。もらわれて行ったばかりのころ、体重六キロのケトさんと睨《にら》みあう子猫のクロは、ライオンの前のウサギのように小さく見えたが、今ではほとんど大きさが変わらない。黒かった毛がますます艶《つやつや》々として、あの青味がかった灰色の目で、写真の向こうから、こちらをひたっと見つめていた。

佐和子さんが言っていた。ある日、テンちゃんをなでながら、「こうして私が毎日お仕事できるのも、テンちゃんがいてくれるおかげよ」と言ったら、そばにいた息子さんが「おかあさん、テンちゃんが来てくれてよかったね」と言ったのだそうだ。

「猫がいなかったら、息子とこんな共通の会話はなかったですよ。テンちゃんのテンは、おてんばのてんだと言ったけど、天使のテンだったわ」

もらわれて行った子が里親さん家族を笑顔にしていると聞いて、私も母も温かなものに満たされた。

「猫のおばちゃん」ことミドリおばちゃんは、時々遊びにきては携帯動画でしずちゃん（ミュウ）を見せてくれる。しずちゃんは体重七キロの巨漢になって、きょうだいの中で一番大きい。ミドリおばちゃんは、

「飼い主に似ちゃってメタボなんですよ。この前、健康診断で獣医さんに注意されました。重たくて、もう抱き上げられないです」

と、恥ずかしそうに笑った。

ある時、居間で、何かコチッと硬いものを踏んづけた。カーペットの上に、長さ五、六ミリの、爪楊枝《つまようじ》の先みたいなものが落ちていた。拾い上げてみると、瀬戸物のように固い。

（……なんだろう？）

象牙色《ぞうげいろ》の細いもので、先が尖《とが》っている……。なんだかわからないまま、ゴミ箱にぽいと投げた。カチッ！　と音がした。

数日後、畳の上でまた硬いものを踏んだ。あの時と同じ、爪楊枝の先のようなものだった。なんだろうと思いながら、また捨てた。

翌日、洗面所の足ふきマットの上にも、同じものが落ちていた。

「最近、時々、こういうのが落ちてるのよ」

と、見せると、母は、

「ああ、猫が爪とぎして剝《は》がれた古い爪よ」

と言うが、爪とぎで剝がれた殻は、半透明で柔らかい。明らかに別のものだった。

ミミがやってきた。なでようと手を伸ばし、ギョッとした。ミミの口に血がついていた。

「……あっ」

その時、わかった。あの象牙色の細く尖ったものは、ミミの歯だったのだ……。

初めて愛護協会で健康診断をしてもらった時、獣医さんから、ミミの歯茎が腫《は》れていると指摘された。外で暮らす猫はどうしても歯周病になりやすいという。それからしばらくして、ミミの息が臭《にお》うことに気づいたが、歯周病を治すのは難しいと言われた。

そういえば、最近ミミは突然、後ろ肢《あし》で立ち上がり、前肢で口のあたりを掻《か》きむしるような格好をしたことがあった。どうしたのだろうと不審に思っていたが、抜けかけた歯がグラグラして気持ち悪かったのだろう。前肢の爪で自分の口を傷つけ、血がついたのだ。

ずいぶん前から、ミミの歯は抜け始めていたのだ……。それを歯とも気づかず、私はゴミ箱に捨てていた。

このまま、どんどん歯が抜けていったらどうなるのだろう。

「猫の入れ歯はないだろうし、歯がなくなったら餌《えさ》が食べられなくなるんじゃないの？」

と、母が心配し、抜けた歯を持って獣医さんに相談に行ったが、猫の歯は、狩りで獲物をしとめる時に使うだけで、家猫がペットフードを食べるのにはまったく支障がないとのことだった。

それからも時々、床に落ちている歯を拾った。ミミの歯は、その後、あらかた抜け落ちてしまった。

「ミミちゃんは何歳くらいだと思いますか？」

二年めの健康診断の時、愛護協会の獣医さんから、たずねられた。「外の人」だったからもちろん生年月日はわからないが、倉ちゃんは初めて見た時、「若いお母さんだね」と言っていた。ミミは毛も艶やかで若々しかったし、体も小さかったから、私はずっとミミをティーンエイジャーか、あるいは、二十歳そこそこで子どもを産んだイメージのままでいた。

ところが、獣医さんは、

「そんなに若くはないですね。少なくとも五歳にはなってます」

と言った。

「それは、人間だといくつくらいです？」

「まあ、四十ですかね。歯も抜けてるし、ほら、耳のところに白い毛があるでしょ」

そう言われて耳のまわりを見る。

「これ、白髪《しらが》ですよ」

「えーっ！」

あれからさらに二年が過ぎようとしている。ミミは今、「少なくとも七歳」。もう、私の年に近いらしい……。

久しぶりに本棚の写真立てを手に取った。子育て真っ盛りのミミ一家の写真だ。毎日のように通って来たころ、サチコが撮って大きく引き伸ばしてくれた。

やっと目が開いたばかりの子猫たちが、横たわったミミのおなかに並んでおっぱいを飲んでいる。ブチや虎や黒白や、模様の違う五匹が、さやの中の豆のようにずらっと並んでいる。端から、次郎、クロ、ナナ、しずちゃん、太郎……。みんな、目ヤニだらけのガビガビの目だ。ピンク色のおっぱいを小さな手が揉《も》んでいる。

「こんな子猫が五匹もうちの中を走り回っていたんだね」

いつも足の踏み場がないほど、子猫が散らばっていた。何を思ったか急にダッシュしてみたり、身構えてお尻《しり》をくりくりと振り、獲物にとびかかる練習をしたり、ここは子猫の遊び場だった。おっぱいを飲むと、ソファーや座椅子《ざいす》の上でてんでに寝転がり、おもしろい寝相で眠った。脇《わき》の下やおなかをくすぐっても、面倒くさそうに薄目を開けるだけで起きもしない。そんな子猫の姿に、みんなで笑った。これからどうなるかと心配ばかりしたけれど、今思えば、夢のような日々だったのだ。

写真の中のミミは、横たわって子どもたちにおっぱいを吸われながら、うっとりした目で虚空《こくう》を見ている。そのミミの目の輝き、雪のように白い毛の艶……。

「きれいだったなぁ。このころに比べると、やっぱりミミも年とったね」

と、母が嫌なことを言う。

「今だって、若くてきれいだよ。……ねー、ミミちゃん」

ごろんと寝転んだミミをなでながら、私は内心、そういえばこのごろミミは、胴周りがゆるんでおなかが垂れてきたし、股《また》を開きぎみにのこのこ歩くようになったと思った。ミミも「おばさん」になっていたのだ。


ある日、インターネットの動画サイトで、猫の出産を見た。

タオルを敷き詰めた段ボールの中に、一匹の猫が横たわっている。陣痛が来ているのか、不安げな様子で、何度も何度も寝がえりを打っている。膨らんだおなかがムクムクと動く。けれど、なかなか子どもは生まれない……。親なのか、きょうだいなのか、もう一匹の猫がやってきて寄り添い、横たわった猫を一生懸命なめてやっている。

と、突然、猫が片足を上げ、自分の股をなめ始めた。すると、股間《こかん》から濡れ光る透明の袋に包まれたものが出てきた。猫は片足を上げたまま一心不乱に袋をなめ続ける。やがて、なめとられた袋の中から、ぷるぷる震える濡れた小動物が出て来てミュウー、ミュウーと鳴く。母猫はその小さな体をなでてやるように甲斐甲斐《かいがい》しくなめ続ける。やがて赤ん坊の体がすっかりきれいになると、母猫はまた片足を上げた。再び、濡れた袋が出てくる。母猫は休む間もなく、これをなめ続ける。なめてなめて、二匹目の体から羊膜をきれいになめとると、三たび片足を上げる……。そうやって、一匹ずつ、全部で四匹の子猫を産んだ。

私はその動画を見て、なんだか胸がいっぱいになった。

ミミもこうやって子どもたちを産んだのか……。

植え込みの紫陽花の陰に小柄な体を横たえて陣痛を迎え、誰に励まされることもなく、ひとりで産んでは黙々と羊膜をなめとり、また産んでは羊膜をなめ……そうやって五匹の子らを生み落としたのか。そして、休む間もなく、ハツカネズミのような子たちをくわえて、雨の中を、一匹一匹、あの駐車場の下の隙間《すきま》に押し込んだのか……。

「母よ――」

ふと、学校で意味もわからぬまま暗記した詩の一節を思い出した。

「母よ――

淡くかなしきもののふるなり

紫陽花いろのもののふるなり」（「乳母車」三好達治）

　その晩、いつものようにミミが体をすり寄せてきて、カーペットの上にごろりと横たわった。あの出産のシーンを見たせいか、なんだか今日はいっそうミミがいとおしい。私はほのかに蒸しパンの匂《にお》いのするむくむくした白い体に顔をうずめ、

「ミミちゃん、よくがんばったね」

　と、ささやいた。

三度目の梅雨

三度目の七月がやってきた。今年はカラ梅雨で、七月から猛暑が始まった。

「太郎ちゃん、今日で三歳だよ」

人間でいえばそろそろ三十らしいが、太郎はピーターパンである。永遠に少年のままで、相変わらず宅配便がくるとカーテンの陰に隠れて震えている。

それなのに母は時々、

「ああ、一度でいいから、太郎ちゃんに思うぞんぶん、狩りをさせてあげたかった。せっかくの男の一生なのに」

などという。母は毎朝五時に、太郎に起こされ、窓を三十センチくらい開けてやっている。太郎とミミが網戸越しに並んで、お隣の佐々木さんの八重桜の木に来る鳥を見ているのだ。

そういう時、太郎の髭《ひげ》はアンテナのように前方に広がり、目をらんらんと輝かせて、たぶん、一生飛びかかることのない外の鳥を狙《ねら》っている。家の中しか知らない太郎は外に出ようとしないし、出てもきっと漬物石のように蹲《うずくま》ってしまうだろう。それでも鳥を見ると、小さな芽みたいな白い牙《きば》をむき出し、顎《あご》を小刻みに震わせ「カカカカ……カカカ」と、機械音のような声を出す。鳥の声を真似《まね》て遊んでいるのかと思っていたが、狩猟本能をかきたてられている声なのだそうだ。

兼田さんから、「三歳になりましたね」というメールが来た。兼田さんのお宅では、正月に次郎が家出し、何日も戻ってこなかったそうだ。探し歩いたが見つからないまま、とうとう一週間が過ぎて、もうダメかと諦《あきら》めかけていたら、庭先に薄汚れた姿で座っていたという。どうやら、ずっと兼田さんの家の床下に潜伏していたらしい。

「猫のおばちゃん」こと、ミドリおばちゃんがいつものようにキャットフードの差し入れを持って遊びにきてくれた。お昼を三人で食べながら、あのころの思い出話になった。

「あの夏も暑かったのに、ミドリちゃんよく通ってくれたよね」

「本当は毎日でも来たかったんですけど……」

「おばちゃん、立ったり座ったりそわそわして、何回も物置に行ったよね」

「だって、あんなに小さいの、見ることないですから……」

「そうだよね。私が軍手でつかんだ時、ハツカネズミくらいだったんだよ。五匹ともよく生きたね。雨の中だったのに……」

その時、母が突然、

「実は、あのとき……思い出したことがあるんだよ」

と、言った。

「あのときって？」

「ほら、おまえと子猫を崖から下ろした時だよ。あの時、昔、パパから聞いた話を思い出したんだよ」

胸騒ぎがした……。

「子どものころ、雨の日に子猫を見つけたんだって。生まれたばかりの、まだ目も開いていない子猫だったって」

「……」

「飼いたいっておばあちゃんに頼んだけど、すごく叱《しか》られたんだって。ずっと後になって、そこに行ってみたら」

「……」

「マッチ棒みたいな、まっ白い骨がパラパラッと落ちていたって……。パパ、忘れられないって言ってたわ」

心臓の鼓動をはっきりと感じた。

（……）

雨に濡れた脚立のステップに足を掛けた時、母と私の中によみがえったのは、同じ記憶だった。

あの日、白木蓮の切り株の根元で生まれた子猫を、私たちは拾った。

私たちは、父の記憶の子猫を拾ったのだろうか……。

四匹の時間

パソコンに向かって原稿を打つ手を止めると、もう日が傾きかけていた。一休みしようと、階下へ降りて行くと居間が静まり返っている。そっとドアを押し開けると、卓袱台の前で、母が座布団を枕に眠っていた。

枕元では、太郎が母にお尻を向けて横向きに寝ている。

幼な子が眠りながらも、どこか一点、親の体に触れているように、縞々《しましま》の長いしっぽが母の手編みのセーターの肩にのっていた。母の足元ではミミが寝ていて、こちらのしっぽも母の靴下に触れている。「太郎―母―ミミ」が、しっぽで一連《ひとつら》なりになっていた。

夕暮れへと溶けこんでいく優しい時間、この部屋に漂うなんと安らかな息づかい……。

私は戸口に立ったまま、しばしその姿に見とれていた。

人生には、時おり、思ってもみなかったことが起こる。「猫は化ける」と毛嫌いしていた母が、まさかこうして猫と仲良く昼寝する日が来るなんて……。

「あー、びっくりした！　黙って立ってるから、誰かと思った」

母はむくっと起き上がりながらぐちゃぐちゃと目をこすり、

「あ〜あ、やれやれ。また三匹で寝ちゃったよ」

と、太郎とミミを見ながら、照れくさそうに笑った。

母が起きた気配に、太郎とミミも次々に目を覚まし、体を弓なりに反らし、伸びをして活動を再開した。

時計を見ると、そろそろ五時。ミミと太郎の夕食の時間だ。母は台所に立ち、いつものようにホウロウ製の二つのボウルの縁をわざとカチャカチャとぶつけて、餌の支度を始めた。たちまち「ニャア！」と太郎が母の足元に飛んできた。

私は夕食まで、もう少し原稿に向かう。

仕事との格闘は続いている。スランプはこれからもやってくるだろう。だけど、私はいつの間にか、悩みをちょっとだけ脇に置いて、笑うことができるようになった。いとしいものといっしょにいるだけで、人は自然に笑顔になってしまう。そして、自らほほえむことで、人生も笑いかけてくれるのだ。

餌を食べ終えた太郎が、階段の下から、ニャア、ニャアと私を呼んでいる。ミミと太郎の餌が終わると、六時からは私と母の餌の時間なのだ。やはり太郎は、私を呼ぶのを自分の役目だと思っているらしい。私がなかなか降りて行かないと戸口まで呼びに来て、部屋の中をのぞき、ニャア！　と催促する。

「はいはい。わかった太郎ちゃん。今行くから」

と、立ち上がると、太郎は私といっしょにタタタ！　と階段を駆け降りる。

卓袱台におかずやご飯を並べ、いつもの場所に腰を下ろすと、待ってましたとばかりにミミがやってきて、私の腕にこつんと頭を押しつける。

「よしよし、ミミちゃん、いい子だな」

ミミは、床に頭をつけてごろんと横になり、なでられるのを待っている。

夕食の並んだ居間の明かりが、いつもの焼き魚や煮物の食卓が、黄金に輝いて見える。

「ミャーン」

ミミに催促されて、むくむくした体をなでる。すると、太郎が卓袱台の下に潜り込んできて私の脚に寄りかかる。その、ほっこりとした温かさ……。

ミミと太郎と母と私。

この四匹でいっしょに過ごす、いとしき日々も、一瞬一瞬が流れ去り、いつか、すべてが過去になってしまう日が来るのだろう。私はその時、何を思い出すのだろうか。

……真夜中の台所で、太郎がキャットフードを食べる「カリカリ」という音。縁側の日なたで編み物をする母の膝《ひざ》かけの裾《すそ》にもぐりこんだ、こんもりとした太郎の形。眠る太郎の首にまきついたミミのまっ白い前肢。そして、寝ている私の羽毛布団の上をミミがそっと歩く、ファサ、ファサ、ファサというしのびやかな音……。どんな瞬間も、忘れないよ。

ミミ、太郎。うちに来てくれてありがとう。

文庫版あとがき　猫と私たちのそれから

子猫が生まれて七年めの夏、多摩市の兼田さんのお宅をたずねた。次郎とナナに会うのは、生後二ヶ月で別れて以来だった。

「小虎《ことら》、モナカ、おいで」

と、兼田さんが声をかける。居間を悠然と歩いてきたのは、猫というより、ちょっとした虎だった。

「次郎ちゃんです」

写真では何度か見ていたが、実際に会ってその大きさにびっくりした。体重七キロ。今の名前の通り、筋肉質で野性的な顔をしている。三歳のあどけない頃に別れた子に会いに行ったら、精悍《せいかん》な大男が出てきたような驚きを覚えた。

「次郎ちゃん、私のこと覚えてる？」

返事はないが、ソファーに座っている私の足元でしきりにパンツの裾《すそ》を嗅《か》いでいる。

その朝も、ミミがそこに体をこすりつけ、匂《にお》いがたっぷりついているはずだ。次郎は母猫の匂いを覚えているだろうか……。と、思った時、突然、膝《ひざ》に飛び乗られた。その重さに思わず「うっ」と声が出たが、そういえば子猫の頃も、時々膝に飛び乗ってきたことを思い出す。

ナナは次郎と並ぶと子猫のようだが、それでも体重四キロというから、ミミと同じくらいだ。鉢割れ模様とピンクの鼻はあの頃のままだが、もうひ弱な感じはどこにもなかった。小柄ながら活発で、居間に置かれたキャットタワーによじ登って遊んでいる。

ナナは「モナちゃん」と呼ばれて娘さんのお気に入りだし、次郎も兼田さんのお母さんがとても可愛《かわい》がってくださったそうで、

「最初は、モナカだけのつもりだったけど、小虎も一緒で本当によかった」

という言葉をうかがい、二匹の幸せに胸の真ん中がポッと温かくなった。

恵比寿の「テンちゃん」ことクロは、優秀なハンターになっていた。佐和子さんの家のベランダにやってくる獲物を狙《ねら》い、なんと雀《すずめ》四羽、アゲハ蝶《ちょう》、ヤモリなどを仕留めたそうだ。

先住猫のケトさんも十四歳になり、二人は時々追いかけっこしながらも、結構仲良くやっているという。

クロの甘え上手は相変わらずで、佐和子さんは、

「テンちゃんは、子猫っぽい顔をする時と、すごい美人顔をする時があるのよ」

と、今もメロメロである。

ミドリおばちゃんの家では、去年、先住猫の「おじいちゃん」が二十一歳で亡《な》くなった。「ミュウ」ことと、しずちゃんにとっては、親きょうだいと離れて以来、ずっと一緒に寝ていたおじいちゃんだった。おじいちゃんを見送った後、ミドリおばちゃんは、長年にわたって外で餌《えさ》やりしてきた野良猫のおばあちゃんを家に入れ、おむつを当てて介護していたが、そのおばあちゃんも今年の七月に十八歳で天国へ旅立った。その後、しずちゃんは急にミドリおばちゃんに甘えるようになったそうだ。

「私が老猫の介護にかかりきりだったから、ミュウはずっと我慢していたんだと思うわ」

今年、しずちゃんは体重八キロを超えた。もう抱えられないほどのデラックスぶりで、ミドリおばちゃんは目下、しずちゃんのダイエットを決行中である。

そして、わが家のミミと太郎は……。

母が突然の高熱で救急搬送されたのは去年八月のことだった。即日、手術が行われ、母はしばらく入院することになった。私はミミと太郎をゆっくり撫《な》でる時間もなく、慌《あわ》ただしく家と病院を往復する毎日だった。

夜、病院から帰宅すると、家の中がしーんとしている。ふだんなら、鍵《かぎ》があく音で玄関まで迎えにきて足元に寄ってくるミミが、暗い居間の戸口にぽつんと立ってこちらを見ている。母の不在に、異変を感じていたのだろう。

いつも、餌の支度を始めると、ホウロウのボウルの縁と縁が触れ合う小さな音で飛んできて、高い声でニャーニャーと鳴く太郎が、ただ黙々と餌を食べている。ミミも太郎も、なんだかよそから借りてきた猫みたいだった。

やっと母が退院し、わが家の平穏が戻ってきたのは、九月も半ばだった。ある日、太郎の背中を撫でたら、手のひらにガサガサしたものを感じた。太郎の細い背中は毛《け》艶《づや》がよくてヌメーッとした光沢があり、いつもすべすべと滑らかだった……。あのすべすべの手触りが、ガサガサに変わっていた。よく見ると、わき腹の毛が薄くなって、地肌がうっすら透けて見える。

「太郎ちゃん……」

いつから、こんなに毛が薄くなったのだろう。何の病気だろう……。どっと不安が押し寄せた。

「ストレスがあると、過剰に毛づくろいする猫もいるよ。猫の舌はザラザラしてるから、それで毛が擦り切れたのかもしれない」

と、教えてくれたのはサチコだった。そう言われてみれば、確かにこのごろ太郎は、いつもわき腹を舐《な》めている。その舐め方が執拗《しつよう》だった。地肌の透けた部分は左右のわき腹全体にまで広がっているが、背骨に沿った部分だけは艶のある毛が残って「モヒカン刈り」のように見える……。さすがにそこまでは届かなかったのだろう。

ストレスの原因はわかっている。突然、母がいなくなって、私も出たり入ったり、ばたばたしていた。その間に、前々から予定していた屋根の修繕工事があった。家族の不在という異変の中で、見知らぬ人たちが屋根に上がり、ミミと太郎はどれほど不安だったろう。

それでも苦労人のミミはタフなところがあるが、太郎は元々繊細である。モヒカン刈りのようになってしまった太郎の姿を見て、改めて、彼のストレスがどれほど大きかったかを知った。

家族がそろって日常が戻っても、太郎の毛はすぐには戻らなかった。透けた地肌に、少しずつじわじわと縞《しま》が見えはじめ、縞と縞がつながってキジ虎模様が復活したのは半年後。背中のモヒカン刈りが他の毛に混じって目立たなくなり、すべすべとした手触りが復活するには一年近くかかった。

私も、今まで病気をしたことのなかった母の突然の入院で、八十二歳という母の年齢を実感せざるをえなくなった。七年前、子猫を見つけた朝のように、門からの階段を一気に駆け下りてくることや、子猫をくわえて出ていくミミを追いかけて、叱《しか》りつけることは今の母にはできない。

そんな母に、太郎が寄り添うようになった。毎晩、母の就寝時間が近づいてくると、一足先にベッドに飛び乗って、ニャア！ニャア！と呼びながら母を待っている。

「はいはい、太郎ちゃん、今行くよ」

母がようやくベッドに身を横たえると、太郎は枕元《まくらもと》に寝そべって、耳元で何やらしきりに囁《ささや》いている。

「ニャーニャーニャー」「はいはい、いい子だね」「ニャーニャー」「わかったよ、わかったよ、太郎ちゃんはかわいいね」

母と太郎のベッドでのそんなやりとりを障子越しに聞いていると、まるでおばあちゃんと孫である。やがて、母の声が静かになって寝息に変わると、太郎はすぐにベッドからトンと飛び降りて居間に戻り、いつも自分が寝床にしているソファーの隅でくるんと丸まって眠る。母は、

「なんだかこのごろ私、太郎に寝かしつけられてるみたいな気がするんだよ」

と、こそばゆげな顔をする。

ミミも変わった。私の横に寝転がり、独占的に白い毛を撫でさせてくれたミミが、最近、途中で何か思い出したようにサッと起き上がり、母のそばに行ってごろんと寝るようになった。そのままずっと母に撫でてもらうのかと思うと、しばらくして起き上がり、また私のそばに来てごろりと寝る。母と私は思わず顔を見合わせ、

「平等に撫でさせてくれるんだ」

「気を遣うねえ」

と、クスッと笑う……。

そんな猫と私たち母娘の日々を綴《つづ》った『いっしょにいるだけで』が、『猫といっしょにいるだけで』という新しい題名で新潮文庫に加えていただけることになった。

杉原信行さん、北村暁子さん、わが子を再び世に出してくださって本当にありがとうございます。私が猫の本を書くなんて、人生には予期せぬことが起こるものです。

だから、これは猫の本だけれど、猫嫌いの人、動物を飼ったことのない人にも読んでいただきたい。

この文庫が書店に並ぶのは冬。猫と暮らすようになって、私は冬が大好きになった。底冷えのする日には、ミミが私の膝に乗り、冬眠する狐《きつね》のようにくるんと丸まるからだ。両腕で抱き寄せると、ミミはいっそう強く丸まって、私の腕にすっぽり収まってくれる。

そんな時、私は思う。

しあわせは、彼方《かなた》ではなく、今ここにある。

平成二十六年秋

森下典子

解説

酒井順子

『猫といっしょにいるだけで』は、「猫との遭遇」の物語です。生まれた時から傍らにはいつも猫がいて、

「人は、猫好きになるのではない。猫好きとして生まれるのだ」

と言うような人も中にはいますが、多くの人は人生のある時点で猫と出会い、そして猫に魅了されるようになる。それぞれの「猫との出会いの物語」を、猫好き達は心の中で大切にしています。

私の場合は、高校時代のある日、学校から帰ってきたら母親が、

「いいものがいるわよ」

と、ニヤリ。いいものが「ある」ではなくて「いる」とは……？　と居間に行くと、そこには黒白の鉢割れの子猫が、ころころと動き回っていたではありませんか。

「ネコーッ！」

と猫なで声をあげた私は、その瞬間から猫の虜《とりこ》となりました。何でも兄が獣医さんの前を通りかかったところ、「子猫里親募集」の張り紙を見つけ、ふと一匹貰《もら》ってきたのだそう。

「パーカーのフードに子猫を入れて、バイクに乗せてきた」

ということなのです。その日のおやつが安倍川餅《あべかわもち》だったことから、猫はキナコと名付けられました。

私は、このように猫との最初の邂逅《かいこう》から目がハート、「愛する気まんまん」でありました。が、森下典子さんの場合は違います。五十代まで、特に猫好きではなかった、森下さん。ある日突然、庭で母猫と生まれたての子猫五匹が見つかって、さあどうする森下家。……という劇的な出会い。

猫達を見つけた時の、「ああ」という気持ちは、よくわかります。お母様と二人での生活は、静かで安定している。そこに突然、六匹もの小動物が現れたら、安定した日々の生活に、どれほどの波風が立つことか。

だからこそお母様は、

「困ったわー。どうしよう」

と、おろおろし、愛護協会に相談しに行きます。森下さんもこの時は、心の余裕が

全く無く、神社に行って
「しあわせをください」

と手を合わせる日々でした。

「お願いだから面倒に巻きこまないで欲しい。私には今、寄り道している余裕はないのだ」

と、猫などにかまってはいられない状態だったのです。

森下家における猫の物語は、このようにマイナスからスタートするのですが、その後、森下母娘の猫に対する感情が、右肩上がりで急上昇していくのを、読者は大変嬉《うれ》しい気持ちで読むことになります。歓迎はしていないのだけれど、仕方なく小さな生き物達に救いの手を差し伸べた、森下母娘。すると次第に、憐憫《れんびん》が親しみに、そして親しみが愛情に……と、気持ちが変化していくではありませんか。猫が救われて箱に入れられ、玄関からやがて家の中へと入っていくうちに、読んでいる私の身体《からだ》も、じわりと温まっていくかのようでした。

森下家に猫達が登場したことによって、色々な人との縁も生まれます。猫好きの親《しん》戚《せき》や友人のみならず、ご近所の猫の愛好家達、里親さん……と、猫達を中心とした人の輪と笑顔が、広がっていくのです。

人の輪が広がるとともに、森下さんの中で猫に対する愛情が深まっていく様子には、読んでいても自然と顔がほころんできます。おっぱいを飲み、眠る子猫達を、いつまでも見ている森下さん。

「その時、私は、日なたに干した布団《ふとん》のように、ふかふかとした気持ちだった」

そして、

「悩みも焦《あせ》りもどこにもない」

……となった森下さんの瞼《まぶた》が熱くなると同時に、こちらの気持ちもふかふかとふくらんできて、瞼は熱くなる。

森下さんは、猫達に慣れ、愛情を感じるようになるにつれ、「個」としての猫と付き合うようになります。森下家の子猫達は一匹二匹と貰われていき、結局は母猫のミミと息子の太郎の二匹を飼うことになるわけですが、森下さんととりわけ気が合うのは、母猫のミミ。ミミは、太郎には見られないようにと気を遣いながらも、森下さんに甘えてくるのです。

太郎に見られないよう、部屋の戸を閉めてあげる森下さん。部屋に二人きりになり、森下さんと目を合わせるミミ。静かな時間が流れます。

「その瞬間、私たちの心は通じ合った。

これは二人だけの秘密……。」

という記述に、猫を飼ったことがある人であれば誰しも、深く深くうなずくことでしょう。

私もこの部分を読んで、キナコがいた日々のことが、フラッシュバックしてきました。落ち込んでため息をついている時に、そっと近づいて手や顔を舐《な》めてくれた、キナコ。私の帰りが遅いと、玄関先に座って待っていたキナコ。……私は今でも、寝ている時に名前を呼んでも、尻尾《しっぽ》の先だけハタリと動かして返事をしてくれたキナコ。

この世の生き物の中で、最も自分と気が合ったのはキナコだと思っているのであり、森下さんとミミの交流に、自分達を重ね合わせずにはいられませんでした。

ミミは、野性の血がそうさせるのか、たまに脱走します。森下さんはたいそう心配するのだけれど、しかしどこかで、洗濯機の前で小窓を見上げるミミの気持ちを、尊重している気もするのです。

それはきっと、森下さんとミミが「個」同士でつながっているからなのでしょう。森下さんは、多くの人に支えられつつも、誰に頼ることなく自立した生活をしている、大人の女性です。だからこそ、太郎という息子や、お世話になっている森下母娘のことを忘れたかのように、ふらりと一人で外に出て行くミミの気持ちが、どこかでわかるのではないか。家にずっといれば安全で温かい暮らしがあることはわかっていても、危険が待ち受ける外にどうしても出ていかずにはいられない猫の気持ちに共感できる人こそが、真の猫好きなのです。

そして森下さんは、誰に頼ることなく自立した生活をしている大人の女性であるからこそ、温かくて小さな生き物とただ「いっしょにいる」だけで、どれほど心が豊かになるかも、痛感されたのだと思います。どちらかがどちらかに寄りかかるわけでも、依存するわけでも、支配するわけでもない。ただ寄り添っているだけなのに、互いの大切さが沁《し》み込んで、生活がうんと豊かになる。人間と猫というのは、そういった関係を築くことができるのです。

やがて森下さんは、かつて神社で手を合わせてお願いしていた「しあわせ」が、そこにあることに気付くのでした。「それどころじゃない」と思っていた猫達が、しあわせを持ってきたのです。独身者というものは時に、自分のことだけを見つめすぎ、その視線にがんじがらめになってつらくなってしまうものですが、猫という他者がその視線をゆるめ、解いてくれたのでしょう。

同じ猫好き、とはいえ今は猫を飼っていないために猫飢餓状態の身としては、そんな森下さんの心の軌跡を、嬉しくそして羨《うらや》ましく読みました。洗面している時に、猫が尻尾を絡《から》ませながら足元をすり抜けていく感触。ヒャ〜ンと鳴く声。なめらかな毛に顔をうずめた時の、その匂《にお》い。……といった五感までもが蘇《よみがえ》ってくるこの本は、私にとっては「読む〝猫〟」。ただいっしょにいるだけで猫がしあわせをもたらしてくれるように、この本はただ読むだけで、読者を笑顔にさせてくれるのです。

（平成二十六年八月、エッセイスト）

猫《ねこ》といっしょにいるだけで

新潮文庫　も－34－2

平成二十六年十一月一日発行
令和四年十月十五日七刷

著者　森《もり》下《した》典《のり》子《こ》

発行者　佐藤隆信

発行所　株式会社 新潮社
郵便番号　一六二―八七一一
東京都新宿区矢来町七一
電話　編集部(〇三)三二六六―五四四〇
　　　読者係(〇三)三二六六―五一一一
http://www.shinchosha.co.jp

価格はカバーに表示してあります。

乱丁・落丁本は、ご面倒ですが小社読者係宛ご送付ください。送料小社負担にてお取替えいたします。

印刷・大日本印刷株式会社　製本・加藤製本株式会社

ISBN978-4-10-136352-3 C0195

この作品は、二〇一一年七月飛鳥新社より刊行された
『いっしょにいるだけで』を改題したものである。